寻根乡土

巩 勇/著

中国三峡出版传媒
中国三峡出版社

图书在版编目（CIP）数据

寻根乡土 / 巩勇著. —北京：中国三峡出版社，2019.5
ISBN 978-7-5206-0091-0

Ⅰ.①寻… Ⅱ.①巩… Ⅲ.①散文集—中国—当代 Ⅳ.①I267

中国版本图书馆 CIP 数据核字（2019）第 089629 号

责任编辑：袁国平　危　雪

中国三峡出版社出版发行
（北京市西城区西廊下胡同51号　100034）
电话：（010）57082566　57082640
http://www.zgsxcbs.cn
E-mail：sanxiaz@sina.com

北京华联印刷有限公司印刷　新华书店经销
2019 年 7 月第 1 版　2019 年 7 月第 1 次印刷
开本：880 毫米 ×1230 毫米　1/32　印张：6.875
字数：158千字
ISBN 978-7-5206-0091-0　定价：32.00元

序一

回望故乡白云深

陆正之

乡愁不只是一张船票，它不时提醒人们，我们从何而来，向何处去，在甜蜜酸涩中体味人生的终极价值。

乡愁是梦开始的地方。当我阅读巩勇第二部乡愁散文《回望故乡》的时候，我感受到了一颗滚热的心在勃勃跳动，感受到荆楚文化博大绵长。"礼失求诸野"，在鄂东的人脉、文脉、血脉中仍然流淌着荆风楚韵。

这部书俨然是巩勇"一个人的圣经"，那是对故乡的礼赞，对悠久传统式微的感怀，对人间真情的护惜。书中触目所及，呈现主人公对家乡的热爱。那贫瘠的土地，

却滋润了当年少年的心房。那站在高山之巅的呼喊，带着对命运的怨怼，带着悲伤和心底的疼痛。但就是这样的故乡却让人欢喜，因为你知道你的根在那里，无论你在外面漂泊多久，你终究是要回到魂牵梦萦的故乡。就如放飞的风筝，飞得再高，终究会回到起飞的原点，而那根线始终牵在母亲的手中，那是你永远都无法割断的骨肉亲情。

作者对于故乡的怀念，深深打动了我。儿时的一个街道，一个转弯都能够让主人公充满无限怀念。回望故乡，是在重温一段暖心的历史，沉淀的是岁月刻下的沧桑和无奈。有人说过："人需要回望，没有回望就不会有希望。"你要知道，你不是一去不返的游子，更不是一个匆匆过客。

我们不得不悲哀地承认，我们的未来已经不再属于故乡，但是故乡的一切都在我们的脑海中，都在属于自己的小世界里。令我艳羡的是，巩勇对故乡的真情抒写是他生活的一部分。在喧哗的都市，在鼎沸的人声中，故乡犹如一泓碧水，给我们清凉、温润，给我们力量及情感的慰藉。岁月流逝，在茫茫人海中寻找到生存的坐标，知世事，察人心。最后以一首小诗结束感言：

乡关怅望白云深，锦字冰心慰梦魂。
潇潇苦雨愁双鬓，飒飒文风动九门。
伯仲亲师温语细，山川草泽暖流奔。
莫叹黄鸡思白发，三千世界待雄文。

（陆正之：北京外交及政治专栏作家）

序二

写给我的本命年

巩 勇

跨入2019，农历猪年是我的本命年，在"奔五"的路上越走越近，离"爷爷"的身份越来越近，心头不免多了些许沧桑感。

人到中年，上老下小，家国责任，谁也不可能活得轻飘飘的，除非精神失常者，因为理性让我们过得难免沉重和压抑。

新的一年，初心犹在，如儿时过年盼新衣服、盼压岁钱一样盼幸福。我们必须心存希望，岁末年初，重整行装再出发。父母健在，我们哪怕活上一百岁还是孩

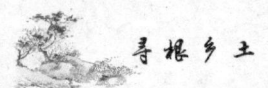

子。父母不在,我们就是儿孙们的天和地。

2019从何说起?新年伊始,我马上联想到六个关键词:

健康 健康是我们生存和发展的前提。那些经历过病痛折磨,甚至经历过死亡恐吓的人,更加痛彻心扉地懂得:没有健康的身体,何谈诗与远方?

工作 在这个多变的社会里,大家都要有一份实在的工作,以获取衣食住行等赖以生存的物质资料,来养活自己、养活家人。我最佩服家乡的父老乡亲,凭着一双勤劳的手,过完三天年,不等不靠不要,走出家门寻找就业机会,再把财富带回家,建起了楼房,供养了老人和孩子。

读书 教育让我们远离了愚昧,脱离了低级趣味。读书是知识分子终身的姿态。读书让我们的精神世界长满绿树红花,让我们一次次擦亮双眼,让我们更加清醒地把握事物的规律性和前行的方向。

写作 写作本质上是一种倾诉方式,是通过古老的方块字让岁月留痕。我习惯了利用碎片化时间的手机写作,哪怕在上下班地铁上、出差的高铁上,居家的沙发上、床头上都可以码字。近年来,我的三本散文集《留住乡愁》《回望故乡》《寻根乡土》,大多是手机上开头,电脑上改定,写作早已成为我精神生活的一部分。

故乡 招工、参军、升学、出嫁、打工,这是乡村的年轻人逃离故土、追逐梦想的几种典型方式。因为年轻,恨不得插上一双翅膀,飞得越高越远才会越好。然而,闯荡世界若干年后,一身疲惫,两鬓霜染,故乡的"万有引力"却在心底悄悄锚定你。于是,多少人渴望回去,在老家盖一栋房子,像祖先一样渐渐老去……

快乐 两性之间,由爱由情而组建了家庭,从而孕育了新的生命。人人生而平等,快感是生命的源头,人人向往乐土乐园。因此,

序二 写给我的本命年

我们没有理由不快乐，没有理由不追求快乐。即便生活暂时不快乐，我们可以从长计议，选择斗争，选择放弃，甚至选择忍耐。须知，人无远虑，必有近忧，敢于卧薪尝胆才是大智慧者。

2019来了，让我们一起携手同行。

目 录

序一 回望故乡白云深（陆正之）
序二 写给我的本命年（巩 勇）

01 最忆家乡桂花香 …………………………… 1
02 浠水过七月半 ……………………………… 6
03 回老家过年 ………………………………… 11
04 云淡风轻过了年 …………………………… 13
05 和平元宵赛龙灯 …………………………… 16
06 流风余韵话和平 …………………………… 21
07 城山踏青观音会 …………………………… 24
08 想念父亲的日子 …………………………… 33

09	百年树人养育恩	35
10	父亲带我进党报	39
11	走近父亲	42
12	由红领巾所想到的	45
13	假如没有高考	47
14	"民兵"的自白	51
15	庞安时与苏东坡	54
16	庞安时与侯严	58
17	不该忘却的民国将军	61
18	汉口"梅兰芳"南铁生	64
19	又回山乡	67
20	儿时玩野火	71
21	美食出故乡	74
22	审美与想象	77
23	静夜思	79
24	病来如山倒	81
25	关注抑郁病人	84
26	淘书和读书	86
27	隔屏对话录	89
28	读书看报成习惯	91
29	读书如临帖	94
30	闲话读书写作	96
31	我的记者梦	98
32	为书斋取名	100
33	门前有条弯弯的河	102

34	定福庄岁月	105
35	徘徊南沙沟	109
36	紫竹院散记	111
37	木樨地引乡愁	115
38	漫步三里河	118
39	漫话摄影	120
40	画出最美的	123
41	闲话工匠精神	126
42	还原故人往事	128
43	"嘿乎嘿"的黄冈秘密	136
44	品读《金瓶梅》	141
45	开出租的王师傅	145
46	话说"半边户"	147
47	爱上咖啡	150
48	您在家乡还好吗	153
49	品味散文	157
50	回乡村居散记	159
51	伤逝	162
52	闲话沙发土豆	166
53	房子那些事	169
54	盛世读书梦	173
55	梦见父亲的字	176
56	鄂东巴人之谜	180

后记　一切都是最好的安排 ········· 203

01　最忆家乡桂花香

清代戏剧理论家李渔先生在《闲情偶寄》一书中写道:"秋花之香者,莫能如桂。树乃月中之树,香亦天上之香也。"这样来评说桂花应该很到位,也富有浪漫气息。

相传月亮上广寒宫的桂树,有五百丈高。树下有个男人天天抡起斧头砍,这个"倒霉蛋"名叫吴刚,西河人,因为修道学仙犯了错误,就惩罚他在月宫中砍树。为什么树总砍不倒?事总做不完?因为这桂树成树精了,有"树创随合"的超强自愈功能,吴刚只好"吭哧吭哧"做无用功了。

传说月亮上还有一位女神叫嫦娥,她是后羿的妻子,因为偷吃了丈夫从西王母那里讨来的长生不老仙药,于是奔月成仙。由此看来,她是个自私自利的女人,揭老底了就不得人爱。

试想呀,要是吴刚不整天忙于砍伐桂树,广寒宫中的这一对男女,岂不是该像人间夫妇一样过满是烟火气的日子呢?难怪,唐代诗人李商隐发出一声叹息:"嫦娥应悔偷灵药,碧海青天夜夜心。"

1957年5月11日,毛泽东同志写就《蝶恋花·答李淑一》,其中有"问讯吴刚何所有,吴刚捧出桂花酒"的词句。伟人笔下的吴刚竟然彻底被解放了,还可以酿制月中桂花酒来招待贵客……

我们黄冈人常说,八月桂花香。可惜,北京的户外见不到桂树的影子,更别说闻桂花香了。据说,桂树过不了黄河,是典型的

江南林木。北京有的，倒是居民家中盆栽的小桂树，和柔弱的花花草草混在一起。人民大学一位湖北籍教授说，她家里种了一盆"月月桂"，常年开花，香气四溢，可聊寄乡愁。我笑说，月月开花的，那只能叫"伪桂花"吧。

于是，每到秋来，凉风起，黄叶舞，我就会想起生我养我的鄂东家乡。一两千人的七里冲村，依山傍水的十来个自然村落，几乎家家门口栽有一两棵桂花树。

每年农历八月，正是桂树花发时节，金桂、银桂、丹桂，争奇斗艳。一树树的花开，一阵阵的香飘，引得蜂飞蝶舞，惹得行人驻足。此时，连乡间素面朝天的女孩儿、小媳妇，不必搽香抹粉，身上也会自带桂花的异香，为朴实无华的女性增添几分摄人心魄的妩媚……

在我儿时，家乡的桂树并不多见，自然算是稀罕之物。然而，在浠水民俗之中，桂枝和桂花谐音中有"贵"气，谁不想讨个好彩头？春节期间，到亲戚家拜年，常有桂花汤圆吃，或者有桂花红糖水喝，那自然会是唇齿留香，胃口大开……

再说，老家七里冲村，多年来就是鄂东浠水县的绿化先进单位，漫山遍野的是枞树和杉树。直到20世纪80年代末，经热爱家乡的华中农大曾瑞龙教授牵线，大队闻大川书记、程汉祥书记等人从武汉买回了大批桂树苗，分到每家每户栽种。"昔日王谢堂前燕，飞入寻常百姓家。"这一下子，桂树就像大城市来的知识青年在山村扎下了根，成为当地一道独特的风景。

桂花是传统的十大名花之一，还可以加工成桂花茶、桂花酒、桂花糕等。更有意思的是，农历八月出生的女性，取名叫桂花、桂芳、桂香、桂英、桂枝、桂兰、桂美、桂莲等等，是20世纪40—

60年代出生的中国女性最大众化的名字。

要是一个塆里碰到同名的女人,只好口头加上大小、姓氏、绰号等来区别。我的母亲是中秋节前一天出生的,于是名字中就嵌入了"桂"字。小时候,农闲时节看大队社员搭台唱楚剧或京剧,我还记得那个反串俊俏小生的叫桂美姐,扮演穆桂英的叫桂枝表妈……

父亲曾经给我讲过一个和桂花有关的故事。

大队一位民办小学老师,算是长得光趟又灵醒的后生哥。他是因贫穷而辍学,回乡可就算是文化人,大队干部就安排他教书。一天,他正在教室里讲课,冷不丁发现窗外隐约有人在偷听。那人的头一会儿冒出来,一会儿又低下去看不见,像水中上下浮游的鱼儿,又像是故意"躲猫猫"。

待下课铃声响起,过去就是用铁棒人工敲击那种从废旧"夹米机"中卸下的钢磨儿,发出一串清脆欢快的声响。此时,那位老师注意到窗外一幕:一对垂在屁股头上乌黑油亮的长辫子,匆匆忙忙站起来从眼前飘然离去,手上还提着一捆从山上捡作柴火的绿色枝条……

课间十分钟,孩子们冲出教室疯闹开了,谁也没有注意到老师的异常举动。那位老师装作若无其事,绕到那扇窗前的小路旁。人已走,窗台上留下一截新折下的桂枝,几片绿油油的桂叶,一簇黄灿灿的桂花。他的身体猛地像过了电流,脸上有点微微发烫。

末了,年轻老师轻轻地捡起桂枝,多少有点心虚,不敢拿在前面,怕太招摇了,就像大队干部一样背后抄着手,踱着方步。那一枝桂花就在身后的袖子底下藏着,携进了教师办公室……

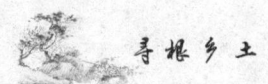

听到这里，我就追问，后来呢？父亲像是相声演员抖包袱一样：那个窗下偷听的人，原来是那年轻老师的初中同学，后来远嫁他乡了。

父亲从来没有点出那位老师的名字。他当大队会计之前，就当过几年民办老师，自然熟悉那些老朋友的故事。他还多次说起，他教过的对面塆的学生程友联，恢复高考就考上了名牌大学上海交通大学机械工程系，当时"噪"了半边天，几十年来成为当地普通农家和中小学校教育孩子读书成才的好榜样！

去年中秋节，桂花盛开的时节，我回到老家小住了几天。老家门前高高大大的直冲蓝天的两树香桂花，让我多次做出深呼吸的动作，浑身犹如享受美酒般的通畅感，还有情人般的迷恋感。

其间，一位多年的老朋友开车来看我，还神秘地告诉我，有个大一两岁的女人我该见一见。他诡异地说，她看了我那些回忆父亲的文字，哭得稀里哗啦，说我父亲是个好人……

真的吗？我听了发出一阵干笑。那是文字的魅力么？见不见面有什么关系？

他摇头说，她在本地银行工作。二十多年前，我父亲搞过农村信用社工作，多次和她主动地提到上大学的我、在国企工作的我、在报纸上发表文章的我……

难道父亲暗中替我物色过媳妇？这我完全不知情。不过，老朋友说得有鼻子有眼，我半信半疑，就当故事听一听吧。因为我参加工作不久，就遇到现在的妻，在外面顺理成章地成家了，所以父亲的"锦囊妙计"就来不及实施了。

可怜天下父母心。父亲一贯的深谋远虑，我是最清楚不过的。

他从不勉强人，不为难人，不像个多少有些威风的大队干部。哪怕是对我们做子女的，他也是豁达开明的，甚至可以俯下身子做朋友……

2018年的中秋节就在眼前。我还是很想回鄂东，看看老人，看看朋友，看看老地方，也回头看看自己蹒跚走过的路。

02　浠水过七月半

"西湖七月半，一无可看，止可看看七月半之人。"这是明代文学家张岱的话。

如果套用一下，我是否可以这样说：浠水七月半，一无可看，只可看看七月半之俗。

农历七月半，也叫中元节，是中国很多乡村至今还盛行的节日。上元节是正月十五，下元节是十月十五。前者也叫元宵节，春节期间总是很热闹，后者现在好像没有什么特别之处，所以就如同其他寻常的日子般平淡如水了。

昨天是个周日，我在北京郊区房山住处附近走一走，在本地老百姓回迁小区门口，有商贩在兜售成捆成捆花花绿绿的冥币、金元宝等等。这应该算是民俗，不是什么迷信。对活着的人而言，这也是寄托对逝者的思念方式吧。不知道人类想象的"阴间""鬼"们怎么看？他们那个世界流通的货币，居然就这样堆放在"阳间"的街头如此叫卖？

从农村走出来的人，哪怕成了知识分子，哪怕成了领导干部，哪怕出了国注了籍，还是会用两套日历来应对工作和生活。一个是公历，也叫阳历；另外一个是农历，也叫老历或阴历。前者是全球通用时间，后者就是专用于故乡，记人记事记节日。

公历好比是普通话，农历更像是某地的方言。谁忘记了后者，那叫"忘本"。中国的传统节日，除了清明节相对固定在公历4月

02　浠水过七月半

5日前后，其他节日都是按照农历来推算的，所以是忘不得的。

每年的七月半，我就会想到故乡浠水的传统过法。

诗人王维说过："君自故乡来，应知故乡事。"我离开故乡快三十年了，但是我顽固不化地记着过去的人和事。毕竟，浠水是我发出第一声啼哭的地方，是我迈开人生脚步的原点，也是我形成朴实无华的"三观"的根据地……

前几天，给母亲打电话，得知家里新的花生收了，新的棉花也收了。虽然已经"交秋"了，气温还是居高不下，白天最高35度左右。我劝老人多休息，不要热着了。

说实话，离开家乡离开泥土太久了，我已经日渐模糊了农时农事了，也就是老家人嘲讽的"白鼻子"（外行）。没有办法，不事稼穑，只能投降认输，必须承认是外行。

七月半，是浠水乡村一个重要的节日。今天，老辈的浠水人，应该还会固守着过七月半的传统。因为七月半，是恰恰落在暑假期间的一个乡村节日，所以我有机会多次在老家过节，印象就格外的深刻。

七月半，最重要的仪式就是"供祖人"。为了让祖人高兴，早上出门赶集采购食材，是每一户人家的必修课。你想困个懒醒，不起个大早，街上的鱼肉是买不到好的，甚至还会空手而归，那就算错过了。

剁一两斤猪肉，主要是为了晚上吃包面剁馅儿。浠水农妇，居家过日子是舍不得切肉来炒菜的，那叫"奢侈"，所以日常饮食以清淡为主，过去乡村发福的胖子也就难得一见。

浠水人过节，餐桌上少不得一盘鱼。早上赶集，买回一条大鲢鱼或者胖头鱼，中午整条鱼先一油煎，然后加瓢水一炖煮，一锅乳

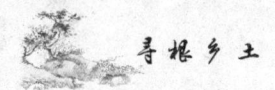

白的鱼汤就大功告成了。

再买卤水豆腐、海带皮、腐竹、洋葱、灯笼椒、土豆之类。我印象中的乡村小集市能买回的东西，也就是这些了，这是平常四季吃不到的。

养鸡多的人家，还可以趁早上鸡放出窝前，抓一只刜（念作福）了。烧一锅热水，钳干净鸡毛，鸡杂收拾干净可以炒辣椒，鸡肉剁成小块，装入土罐子，围上草萋，炭火中慢慢煨一罐浓汤，晚上吃包面备用。

供奉祖人，少不了的是浓烈香醇的白酒。可以买整瓶的浠水高粱酒，也可以到商店"兜"（打）点本地的散酒。纯粮食散酒的品质也不会差，只要问清楚是哪个酒坊做的，老板是谁，乡里乡亲就放心喝了。一旦喝出了拐，冤有头债有主，也跑不脱的。

七月半的中饭，家家户户都格外隆重。好酒好菜盘子堆起来，搞得满满一大桌子，恭恭敬敬地摆上八双筷子、八个碗、八杯酒，轻声呼唤着祖人一一入席，先紧着回家来的祖人们喝酒、吃饭。

掩上大门，在饭桌一角或者条台上，还特地燃着一支长长的红蜡烛，点着三支佛香，升腾起袅袅的烟雾。这样，无形之中营造出一种特殊的气氛，空气中多少有些凝重，双眼兴许会朦胧也会潮湿，对逝者的思念此刻在心头悄悄弥漫开来……祖人们来无踪，去无影，但在后人的心中穿行，所以不敢有丝毫的马虎。

估摸着钟点，祖人们的饭吃好了。在"捡场"（收拾）前，男主人要在桌子下方空地上烧一大堆"往生钱"（冥币）。这些纸钱，边烧边拨弄，尽可能要烧透。父亲说，烧不透，在那边就是"残币""废币"，祖人就没法用了，那就尽不到孝心。

我的老家七里冲，在浠水插旗山下，那里有一座古老的寺庙叫龙兴庵，背靠的大山就叫骑龙顶。据说，那里的和尚尼姑发的雕版印刷的"往生钱"很"真典"，在阴曹地府很畅通。谁知道呢？是逝者托梦过来了？还是大仙说的？总之不好验证的。

七月半，祖人们回来过节，要用美食填满肠胃，还要"金钱"装满荷包，这样才会保佑后人健健旺旺的，家庭和和美美的。

磕头，是祭祖必不可少的礼行（礼仪）。在庄严肃穆的气氛之下，男主人带着儿孙，在饭桌的下方，依次一一跪下，三磕头，礼毕站起来，再拍拍"脚塞头"（膝盖）上的土灰。

有的人家，德高望重的老人们就着儿孙磕头的机会，唠叨上几句：祖人保护我的儿、我的孙，行时发财，这是通用的台词。也有按照儿孙的实际情况来编个词：保护我孙考上好大学，或者我伢升官发财，早点接媳妇，早点生孙，添人进口……

礼毕，男主人在门外点一挂鞭炮，噼里啪啦，以此对外宣告祭祖仪式结束了。

一桌酒菜，再掇进厨房。土灶大锅加热一遍，出锅撒上小香葱末儿，各种鱼肉的香味儿再次飘来，馋得人直流口水。

一家人这才叫开席，白酒啤酒一一打开来，觥筹交错，推杯换盏，热气腾腾的过节气氛就有了……

七月半的下午，每家每户屋后的厨房里，主妇们忙着煨汤、剁馅儿、包包面，一家老小热热闹闹的，共同期待丰盛的晚餐。七月半，满塆的猪呀、狗呀、鸡呀、鸭呀，都跟着人改善伙食，也算沾点过节的光。

七月半的晚上，除了吃包面外，还有一个风俗，就是"泼水饭"。塆里的老人们，夜晚在多个岔路口倒上水泡过的米饭，还

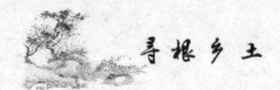

念念有词。据说,没有后人供奉的孤魂野鬼,只能在路上吃点"水饭",也算是过了一回节。如此说来,"泼水饭"也是乡村教人行善积德的方式……

　　流年似水,一晃就哗啦啦地过去了很多年。在老家过七月半的点点滴滴,真真切切地化作我怀旧的文字,化作古楚地浠水人无穷无尽的乡愁记忆。

03　回老家过年

马上要赶回家过年，我得大体上过一下脑子，回去干点什么？单单胡吃海喝，太没有劲。多陪陪老人，见见老朋友，接接地气，不是挺好的事情吗？

平常，我们在北京工作的老乡们见面常常会调侃：冇找个老家浠水的堂客（老婆），慊死了哟！吃饭、说话都不大同唎，要将就外地女人，以及可能也跟着变了种的后代的习惯。

然而，那些找了浠水女人的男人们，又似乎陷入多少有些"苦大仇深"的境地，似乎不会有积极的、肯定的评价。话说回来，日子过久了，和谁不都一样，哪能没有磕磕碰碰呢？

回老家去，我还真没有"小芳"可惦记。当年，我也偶尔有几个喜欢的异性占据了心头，还有一个我算是斗胆上门看望过，但都没进入恋爱状态就匆匆走散了。连"打啵"（亲吻）"拉手"的动作都没有过，多少有些遗憾的青春期，近乎交了一张"大白卷"。年少时分，或许我算是见异思迁的小动物，也根本没有遇到那种一见钟情、爱得死去活来的异性，所以决不会有什么早恋的冲动。

其实，对我们农村伢儿来说，最大的梦想是跳出"农门"，考进城市吃点快活饭，哪怕当个工人也行呀。那种逃离故土的压力，逼迫我们暗暗发扬"头悬梁锥刺股"的勤学精神，钻进书本和题海中深呼吸，要奋力杀出一条生路。

此外，万一高考落榜了，当兵考军校，也是一条正道儿。不

寻根乡土

过,我的体格似乎不适合当兵,运动细胞太少,动作总是不大协调。虽然不缺"零部件",也没有发育不良的部位。

是的,对大多数农村孩子而言,惟有读书升学这一条路走下去。或许我们家祖传读书基因好,爹(爷爷)上过私塾,家中有他毛笔抄写的经文,还有《幼学琼林》等发蒙教材流传。伯(父亲)当过小学老师和大队会计,书法功底不差。说实话,农村一家三代人都能写"水笔"(毛笔)字的,并不好找。这就是文化的传承。

再回过头来看,当年走出乡村的同龄人,父母辈多少有些远见卓识,身份或是基层干部,或是中小学教师,以及乡镇医生等等,属于"明白人"一类的。托生于"睁眼看世界"的父母,会影响到孩子的一生。

所谓"成人不自在,自在不成人"。说来说去,要想成才,年少就不能太任性。父母的监管,升学的压力,同龄人的比拼,窒息了我们年少初开的"情窦"。我们没日没夜麻木地读书、考试,直到转了"农业户口",才算长长地松了一口气……

然而,社会从来是复杂的。读书升学是一码事情,参加工作之后,做人做事的综合素质又是另外一码事。性格决定命运。人生是一次没有回头路的长征,从来不是由一次考试来决定胜负的!

虽然没有"小芳"勾着我的魂儿,我还是急急切切地想回故乡。娘在,家在,故乡就不会虚无缥缈。至于说"富贵不还乡,如锦衣夜行",对我这样背着京城百万房贷的"负"人而言,还乡不需要有什么额外的"风光"。而我只需要踏踏实实地生活,永远做一个简单的读书人,拒绝虚伪的社会表演。

四十多年来的故乡,我熟悉的那片山、那条河、那群人,总在牵动着我的神经,悄悄化作了我乡愁的文字,也进入了昨日重现的梦境……

04　云淡风轻过了年

正月初七，全国大多数单位节后上班的日子。我极不情愿地坐上地铁，沿着老路线穿行在人流之中，赶到财政部和发改委附近的办公室上班报到。

年就这么过完了？其实，我的故乡——湖北浠水的年，要到正月十五之后才算结束。过去的老黄历，夸张一点说，正月之内都算过年。可是，处在全球发展"火车头"的现代化中国，怎么可能按老迈中国的日历来计算呢？

总结一下这个春节，我想说：云淡风轻。

腊月二十八下午四时许，我们一家人从北京坐上去黄冈东的高铁，当天晚上十点多就到站了。朋友盛情来接，因为夜晚回插旗山脚下的小山村，我还是担心安全，就住在了浠水县城。碰巧，又符合了"七不出门，八不归家"的民俗，心安理得吧。

第二天早上回到家，还是母亲的一挂长鞭炮迎接着我们。因为老房子还在将就着住，我们一回来，住宿马上就很紧张了。农村现在吃喝的条件不差，自来水从白莲河来，数字电视户户通……

经济宽裕一点的农户，在老宅基地上盖了两三层的楼房，还买了摩托车和小轿车作为代步工具。还有"会赚钱"的农民，在浠水县城、黄冈市区，甚至在武汉市区买了商品房。

因为我们回来晚了，腊月二十八的年饭，就改到了除夕的中午。儿时，对吃年饭充满期待，意味着美食、压岁钱和新衣服。现

在吃年饭就是一个礼仪，借机祝福老人健康长寿，祝福孩子学习进步，祝福我们朋辈心想事成。

正月初一开始拜年。打工经济兴起之后，现在农村的亲朋好友之间，一年一度也就是春节能见见面，说说话。互相拜年，确认两家之间的"外交关系"还要继续，也相当于签订"战略框架协议"，确认彼此还要全面合作下去。

拜年和赴宴现在高度重叠。农村的红白喜事等重大活动，都集中在春节期间办，因为平时乡村找不到多少青壮年，自然收不到多少礼金。譬如，订婚的"启媒酒"，结婚的"喜酒"，办大小生日宴的（孩子过周岁、十岁，老人过六十岁以上的寿辰），办"对子酒"（做新房之后的答谢宴），办"大年"（也叫办"馨香酒"，老人过世的追思宴）等等。

过去办酒席，请来乡村公认的厨师，到县城买回来肉和菜，从邻居家借来饭桌、凳子、盘子。两三桌客人就在主人家屋里坐下，多了就摆到门口场地上，甚至邻居家门口也摆上。

现在简单了，乡村有"流动宴席"，一辆大篷车，载着厨师、炊具、碗筷、食材，主人家一个电话，按每桌酒席500元、800元、1000元不等的标准，他们负责全流程服务。这次我刚好碰到一家接客办酒席的，让我见识了一番。

春节期间，因为我感冒咳嗽未好，加上交通不便，给亲戚们手机联系先打了招呼。来了客人，我负责接待，拜年就由家人代替了。现在很方便，有了车辆，有了手机，彼此拜年也可以预约。表叔来了，舅舅来了，表弟来了，陪着喝点酒，给晚辈的孩子们塞上压岁钱。门口，孩子们跑进跑出，很快乐。大人们一起坐着喝点茶，聊聊天，也很放松。

04 云淡风轻过了年

春节前后,有几次大的活动:县委宣传部邀请回乡记者和文化人座谈会,高中老同学聚会,和平初中的几届同学相聚等等,我只参加了一两次。顺便见到了多年未见的老师和同学,还是很开心的事情。

回乡之后,顺便签赠了一批新书《留住乡愁》《回望故乡》,算是带给朋友们的过年礼物。最有意思的是,遇到朋友的孩子——定在第二天结婚的一对年轻人,我签名赠送了新书,让他们高兴不已。他们还当场翻出朋友圈中其他人的宣传图片,证明他们早就耳闻"作家"和作品!看来我的乡土文学也算有点小影响了,算是接地气的文字吧。

正月初五一大早,因为购买返程票紧张,我们幸运地搭上了老同学回京的"专车"。早上小雨中出发,当晚就顺利到了有月亮和星星的北京。真是应了一句老话:朋友多了,路好走。

要说遗憾,总是免不了。老家还有其他想见的朋友,宜昌还有朋友的茅台酒等着我,陪家人的时间并不多……

人到中年,我习惯了安静,习惯了被"冷落",习惯了过简单的日子,习惯了独处的时光。

05　和平元宵赛龙灯

我的故乡——浠水县巴河镇和平片区的热闹，每年主要有三个时间点：正月十五玩龙灯、二月初二玩亭子（抬阁）、二月十九观音会。

正月十五玩龙灯，是和平片区每年正月里的一个高潮。龙是华夏民族创造的图腾之一，后来演变成通了灵性的神化动物。其实，世间哪里有龙呢？阅读《闻一多全集》的《龙凤》一文，一多先生大胆地指出：

"事实上，生物界只有穷凶极恶而诡计多端的蛇，和受人豢养、替人帮闲、而终不免被人宰割的鸡，哪有什么龙和凤呢？科学来了，神话该退位了。"

闻一多先生是我们浠水的名人。而闻氏祠堂，就修在和平村的闻家塆，而不是后来迁居地——闻家铺村。据说，一多先生的祖先本姓文，是文天祥的族裔。宋末逃难，自江西庐陵迁来蕲水（今浠水），先落脚在兰溪镇永福乡，再迁到巴河镇和平乡，后来进一步"分蘖"到周边多个乡村。而闻家铺的闻姓村民，是伴随着明清民族工商业的发展，古镇巴河的码头经济兴起后，从而集居了相对富庶、思想开化的一个群体，人才辈出，所以走出了闻一多、闻家驷、闻亦传、闻钧天、闻允志、闻立时、闻玉梅……

在和平当地，玩龙灯是一件很神圣的事情。过了正月初十，

05　和平元宵赛龙灯

人口众多的村子就要扎龙灯玩。农村重男轻女,而玩龙灯是男性的事情。因此,玩龙灯也证明是男丁兴旺,可以扬一姓之威,扬一村之威。

村里一旦有人"承头"(组织)玩龙灯,主事人就要连续管三年,相当于一个"任期",才能罢休。要是中间哪年"打退堂鼓",迷信说法是要"背时"(倒霉)的。

龙灯主要是用竹子编织空心的龙头、龙篓和龙尾,然后买回彩纸贴好,一条长长的大白布从头到尾牵着,那叫"龙衣"。制作龙灯的成本并不高,关键是要有人来举、来玩。

如果谁家有喜事,诸如娶了新媳妇、做了新房子、生了儿孙,经过主人家同意,龙灯队伍就可以举进家里,围着堂屋的饭桌走一圈,那叫"穿梁"。主人受宠若惊,赶紧门口点上长鞭炮来迎接。备好一块崭新的红布搭在龙头上,那叫"搭红"。饭桌上少不了放上花生、糖果、苕果、米泡等食物,供玩龙灯的小伙子抓着吃。主人还要给玩龙灯的小伙子散发香烟,甚至帮着夹在人家的耳朵上,或者麻利地帮着点上火,冒起烟来。

因为小山村偏僻,如果某个角落的散户人家龙灯没走到,那甚至还会引发彼此的冲突。你凭么事不去呢?看不上我呢?嫌我的屋做矮了?人穷了?还是你们瞎了眼睛呢……

当然,龙灯不是无缘无故来,彼此没有亲戚或者熟人的村子,外村的龙灯是不会主动上门的。龙灯来了,总有村里的熟人当向导,领着举龙头的人穿村入户,末了还要找个空旷的地方表演龙灯起舞,哦呵(喝彩和加油)声声,鞭炮如煮粥一片响。

如果赶上了吃中饭的点,双方还要拉拉扯扯,请玩龙灯的队伍歇一歇脚,客气地说"烧点茶喝"。其实,就是将玩龙人分到每一

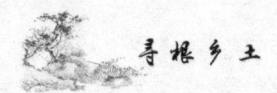

个农户，吃油炸糍粑和喝酒吃饭。临走，还要用长鞭炮送行，塞上几条香烟犒劳玩龙灯的队伍。

和平街头过去是土路，那可真叫"天晴一地灰，落雨一地泥"。南方的天气，正月十五前后多半有雨雪，和平满街的稀泥巴被过往的人流和车流搅得四处横流，像一条条黑色的蟒蛇、鲶鱼在地上和人们的脚边盘旋……

但是，和平老街犹如巨大的磁石，吸引着四面八方的群众来看龙灯、看热闹。每年正月十五，和平片区有些实力、有些胆量的玩龙灯队伍，也非要集中到和平老街上，亮一亮相，抖一抖威风。年轻人之间好像不来个"华山论剑"，那就浑身不舒服。你看吧，龙灯队伍要么从上街冲到下街，要么从下街冲到上街，甚至来回好几个回合，好像浅水里来了几条大鱼，搅得惊涛骇浪。

和平街上两边的商铺密密麻麻的，凡有龙灯经过，家家户户总少不了点上鞭炮和烟花助兴。龙灯上街多了起来，难免如汽车多了要堵塞交通一样。遇到"半闪子"（不大灵醒）后生哥不讲道理的，或者故意寻衅滋事的，玩龙灯的队伍之间就会从发生口角升级为动手打架，甚至沦为不管不顾的械斗场面。

据说，过去正月十五和平街头，玩龙灯而引发打架是常有的事，毁了对方龙头，踩了整条龙灯，伤了人，双方打得"浴泥狗"（在泥巴中弄脏衣服的说法）一样等等，各种传说不断。我是怕见那种血腥的打斗场面，所以从不去围观，敬而远之。

有人说，打架的往往是和平当地几个大姓家族之间。这些大家族的恩怨，有的还能扯到更远的明朝清朝，甚至记入代代相传的家谱中，那可真叫"宿怨"，是和谐社会的毒素。

说到底，乡村大家族之间的恩恩怨怨，无非是耕地、水源、坟

05 和平元宵赛龙灯

地、婚姻等矛盾和纠葛,那无非是争夺人类生存息息相关的各种稀缺资源。和平当地不同姓氏的家族,大多是元末明初"江西填湖广"的移民。械斗是移民之间示威斗狠的方式,也是夺取资源的野蛮手段。

而另外一方面,鄂东自古以来重视耕读传家,移民还可以借助读书、科举、做官的"正途",培养各自家族的大小官员来抗衡周边的其他家族,甚至动用"公权力"来报一己之私仇。

而浠水历史上更早的鄂西巴人、河南软县移民等,因为战争频仍,早已远走高飞,不知所终。有据可查的是,鄂东地区历经了三国之战、唐朝黄巢起义军席卷、宋金之战、宋元之战、朱元璋与陈友谅鄱阳湖之战等等。说得形象一点,历史上的鄂东,南有长江天险,北有大别山屏障,自古就是军事要津。于是,你争我夺,如铁匠夹入火炉中的金属,总是被烧得通红,然后被大锤来回猛砸,哪里容得下老百姓安生过日子呢?

话说回来,玩龙灯本来是一件过春节期间热闹的事情,不幸变成群体性的冲突,真是很不应该的。过去的正月十五,地方政府和派出所每年如临大敌,要安排充足的警力来维持秩序,避免和平街头玩龙人非理性冲突。

现在,打工经济盛行的新时代,谁还把眼睛紧盯着本地那点可怜的资源呢?发生械斗就变得太不可理喻了,并且还要受到法律的制裁,那又何苦呢?

遗憾的是,因为在外地工作的原因,和平就变成了我的故乡,相隔得远了,也渐渐生分起来了。多年以来,我已看不到和平正月十五的热闹。年年初七上班,就得匆匆离开,我只能听熟人说起种种热闹劲儿,落得我干慊(惦)念),于是乡愁会漫上心

19

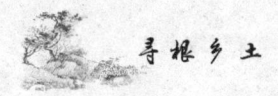

头来……

　　如今，虽然也能从朋友们的手机视频上看到和平热闹的小片段，甚至长达一两个小时的视频直播，可哪里比得上置身其间的实地体验呢？

　　是啊，和平人与生俱来的疯劲，那种源自骨子里的抗争精神和娱乐精神，是对生命的礼赞，是对乡土的爱恋，是一曲百唱不厌的老戏，更是一道烙上地理标识的特色文化大餐，代代相传，历久弥香……

06　流风余韵话和平

和平，在中国地图上是一个小得不能再小的乡村地名，甚至连一个被标注的机会都没有。但是在我心中，它曾经像武汉、北京这些中心城市一样重要。因为和平是我曾经生活的那一片几万人的乡村经济和文化的中心。

和平，隶属于湖北省浠水县巴河镇。和平，只要你不走出那片天空，你就不会觉得它有多小。而等你真正走远了，回过头来，你才会懂得它的与众不同，像是地域文化的"活化石"，散发着独特的人文气息。

再说巴河镇，是个依偎在长江边的千年古镇。巴河的得名，源于古老而神秘的巴文化。建武二十三年（公元 47 年），溇山（今湖北长阳县内）蛮雷迁等人反叛，被朝廷镇压后，七千余人被迫迁徙，易地安置在江夏郡内的"五水"流域。"五水"即今鄂东的五条自北向南流的河流：巴水、浠水、蕲水、举水、倒水。于是，他们在历史上又有个新的名字"五水蛮"。

巴河，或叫巴水。而巴人河，原本是在鄂西境内的河流，是巴人部落世代相依为命的母亲河。巴人被驱赶到鄂东以后，那些日夜思念故乡的巴人，于是将黄州和浠水之间的界河命名为巴河。

千百年来，巴水长流，不舍昼夜。在鄂州燕子矶对面的巴河口，一泓清清的河水与浊浪排空的江水交汇，还与上游同名的巴水

在此紧紧相拥，然后一路向东，奔腾入海。

突兀地提到巴河，也没有多少外人会引起注意。不过，我要告诉你，上巴河有个陈策楼村，出了中共一大代表陈潭秋同志；下巴河有个闻家铺村，出了著名诗人、学者、民主斗士闻一多先生。一般而言，巴河主要指的是下巴河。而闻一多先生的故里，自古以来，群星璀璨，有明朝阁老（相当于宰相）、清朝状元、两院院士、知名教授、学者、新闻记者⋯⋯

在千年古镇巴河境内，有个小地方就叫和平。今天的和平很小，只不过是一个村级单位。但是，人们口头上的和平，还是过去的乡级管理区建制，下辖和平老街为中心的周边十几个村。那一方天的人们，有个普遍的毛病，就是爱热闹出了名。哪怕是放在整个浠水县来比一下，也能脱颖而出。用当地老百姓的话来说，那可叫尖尖出头的。

和平，本来叫作"河坪"，意思是河边的一块开阔地。依山傍水，那是村居生活中难得的好风水。于是，很久以前，这里就有人聚众结庐，播种五谷，放养六畜，在河坪一带有了人间烟火。

据说，河坪的历史上最辉煌的一页，是作为轪县的县城。据《浠水县志》记载，西晋末年，少数民族相继入主中原，北方人民被迫南迁。流徙至本县最多的是轪县（今河南光山县、息县一带）人。东晋咸和四年（公元329年），设置侨置轪县于巴口下（今本县巴河镇东南滨江地区），以收容、安抚北方流民。

所谓侨置，就是原有的州郡沦陷于敌人之手，暂借外地来安置流离失所的移民，仍采用旧地名，以彰显朝廷恢复失地的决心。有人考证，轪县的县城巴口下，应该就是指河坪。

06 流风余韵话和平

直到清朝末年,浠水县有6大集镇,27个小集镇,河坪是小集镇之一,邻近的还有茅江港和巴水驿。1992年出版的《浠水县志》上,还是写作"河坪村"。但是,从地名雅化来看,新中国成立以后,"河坪"很早就被同音的"和平"来代替了。

07　城山踏青观音会

和平人,生就了爱热闹的脾气,也生怕日子过得冷火煻(念秋,烟熏之意)烟了。正月拜年、玩龙灯的热闹,不必细说了。每年农历二月二的土地会,热热闹闹地"玩亭子"之后,那一方天的人们趁着农闲,坐下来安静地看几本老戏,回到祖辈们咀嚼过的忠孝贤良的经典故事之中。

说来真叫神通广大,人们攀着关系,硬是接来了浠水县城、鄂州、黄石、武汉等地的楚剧戏班子。记得我儿时,常听大人们说起武汉楚剧团名角姜翠兰,她多次到浠水来演出,连收音机里也经常能收听到她的精彩唱段。

很有点比排场、比脸面的意思,乡村一处处搭起了戏台,也招来了各色小摊小贩。锣鼓一响,社戏、庙戏、祠堂戏精彩开演了。家家户户早早地舞饭(做饭)吃饭,然后大门咣当一把锁,老老少少着急忙慌,掇个折叠凳儿跑到台前,占据有利位置,露天的剧场顿时熙熙攘攘……

接下来,当日历再翻过十来天,公历4月5日清明节,是和平人祭祖上坟的传统节日,也是踏青郊游的好日子。

在清明节之前一天,过去有个"寒食节",禁火、冷食、墓祭、巫术性表演等民俗活动,为纪念晋国的名臣介子推。到唐宋以后,清明节从自然节气演变为重要的民俗节日,头一天的寒食节俗就被替代了,渐渐就不为人知了。

07 城山踏青观音会

2018年的寒食节是4月4日，农历二月十九，这正好是和平人的一个重要民俗日子——观音会，年年热闹不减。这里，先得普及一下"观音"和"观音会"。

据佛教工具书介绍：观音，即观世音，是以慈悲救苦为本愿的菩萨。又作光世音菩萨、观自在菩萨、观世自在菩萨、观音声菩萨、窥音菩萨。略作观音菩萨。别称救世菩萨、莲花手菩萨、圆通大士。

据称，凡遇难众生称念其名号，菩萨即时观其声音前往拯救，故称观世音菩萨。又因其于理事无碍之境，达观自在，故称为观自在菩萨。凡读过唐玄奘翻译的《心经》就不会陌生了。

佛教从古印度传到中国、朝鲜、日本后，观音菩萨的形象又融合了民俗信仰，观音菩萨的形象就呈现多种化。民间最常见的是自在观音菩萨，一足盘膝，一足下垂，很自在的形象。像旁或有一净瓶，盛满甘露，瓶中插了杨柳，象征观音以大悲甘露遍洒人间。观音像旁有一童男女像，女为龙女，男为善财童子。

相传，观音菩萨显灵说法的道场在我国浙江普陀山。据称其生日为阴历二月十九日，出家日为九月十九日，成道日为六月十九日，这三个纪念日的庙会活动都叫"观音会"。

在和平片区，以二月十九日城山的观音会最盛，也正好是踏青赏春的好日子。香客们提前一天禁食荤腥，焚香沐浴，意态虔诚，半夜就启程向观音会的目的地进发——城山。

二

相传，城山为观音娘娘所造。在孙悟空大闹天宫前夕，天上太平无事，观音菩萨得闲降临鄂东大地，饱览了浠河两岸的绿水青

山。意犹未尽,她嫌这一带的山丘如土馒头。倘若再造几座大山,岂不是锦上添花,也不枉来人间一遭?于是,菩萨暗中施法造山,先造了大插旗山、小插旗山,再造城山。

眼看着一座具有雄、奇、险、秀、幽诸特色的山峰拔地而起,不料观音菩萨的这一"任性"行为,触犯了天规天条,并被神仙们"检举揭发"。于是,玉皇大帝震怒,随手一条金鞭从天而降。

说时迟,那时快,犹如空中一声炸雷,金鞭直奔城山而来,一时之间地动山摇,山鸣谷应。顿时,吓得观音娘娘花容失色,落荒而逃,一双鞋子遗落在人间。后来,金鞭化作城山顶上的一座宝塔,两只石鞋成了城山南侧半山腰的一个景点。人们再看城山,突然被金鞭镇压了,也就没有附近的大插旗山高了。

民间这一传说,由来已久。于是,十里八乡的人们习惯称之为"神山"。农历每月初一和十五,无数香客上山朝拜,络绎不绝。山上终日鞭炮犹如煮粥,香火特别旺盛,加上云雾缭绕,更是给古老的城山增添了神秘的"仙气"。

且看,我们仰慕的浠水名人——闻一多先生在其《故乡》一诗中深情地写道:

> 我要探访我的家乡,我有我的心事:
> 我要看孵卵的秧鸡可在秧林里,
> 泥上可还有鸽子的脚儿印"个"字,
> 神山上的白云一分钟里变几次,
> 可还有燕儿飞到人家堂上来报喜……

闻一多很早就离开故乡。据闻黎明(闻一多先生嫡孙)的著作《闻一多传》记载:1910年,11岁的闻一多和几个嫡堂兄弟,跟随

叔父闻廷治先期来到武昌，考入两湖师范学堂附属高等小学接受新式教育。13岁考上了清华留美预备学校，23岁赴美留学……

但是，按照故乡浠水的风俗，清明节和元宵节全家男性要上坟祭祖，磕头大拜。可以想见，闻一多从小要跟着家人，从望天湖畔的闻家铺回到和平闻家垮来祭拜。因此，城山对他是亲切的、温暖的，山上一定也留下过他童年欢快的小脚印吧。

正如一多先生写进诗歌中的那些句子：思念白云环绕的神山，"常年总有半边青天浸在湖水里"的望天湖，"我要看那里一根藕里还有几根丝"的芝麻湖九孔藕等等，那是浠水巴河游子特有的一份乡愁，刻骨铭心。

而我是插旗山脚下的七里冲人。用大人们的话说，我们都是幸得观音娘娘保护下的芸芸众生。足不出户，我在老屋就能听见城山的鞭炮声声。站在村口的稻场上，我抬头就能看到游家岭和黑坳两山捧出的城山。至于神山的那些故事，我真是听了不止一百二十回，可以倒背如流。

是啊，近在咫尺。我只要翻过一道山，城山就到了。就像是邻家可爱的女孩，青梅竹马的那种，日日进进出出，一颦一笑，总在眼里和心里，算是熟悉不过的人儿。忽然有一天，隔壁垮的一队人马敲锣打鼓地来迎娶她。我才明白，一墙之隔，真叫最熟悉的陌生人儿，其实我们之间分明是隔着了，距离何止一座大山，何止一条长河呢……

总以为是伸手可摘的桃子，我留着大把大把的机会了。然而，机会却如狐狸般狡猾地溜走了。现在想来，四十多年来，我只上过一次城山。大约是2002年观音会吧，我已经在外工作了多年，在家休假期间，还是在父亲极力鼓动下，陪着他一起去玩的……

三

而神山,为什么在正式出版物多写为"城山"呢?据1992年出版的《浠水县志》作为"文物胜迹"记载如下:

城山位于七里冲村与三台村接壤处,距离县城17.5公里,离长江13公里。

城山有寨,寨址依山而立,全长近两公里,基址清楚可见,残存的城墙宽1米,高约为1.5米,为乱石垒砌。墙东北段,还保存有一处较完整的城门。

城山有气势磅礴而醒目的摩崖刻字。摩崖阴刻"云起处"3个大字刚劲有力。石刻长5米,宽1.2米,面积6平方米。单字长158厘米,宽120厘米,为明举人易之祯书。城山东麓有"鸢飞鱼跃"和一笔"龙"摩崖阴刻。

据《蕲水县志》记载:"城山……东吴孙权土城故址","一带数十里,皆孙周屯驻处"。明人"王三达因城址筑寨以避清","清同治五年(1866)王鸿业奉谕筑堡,累石为垒"。(第640页)

同一本书《浠水县志》的"风俗习尚"中有"城山庙会"词条:

城山地属巴驿镇(现并入巴河镇),在县城之西,距县城10公里,山峰峻峭。新中国成立前有庙九重,以山顶大士阁观音石刻而闻名。

城山庙会每年三次:农历二月十九日(传说观音生辰日),六月十九日(传说观音得道日),九月十九日(传说观音出家日)。以二月十九日观音生辰最盛。

江南燕矶、鄂城皆有群众奔赴庙会,会期5—7天不散。(第696页)

而在浠水县文化馆编写的《浠水县非物质文化遗产精选》一书中，张少华先生撰写的《城山》一文中指出：

据史志载，东汉建安十三年（公元208年），三国吴王孙权曾在城山安营扎寨，垒土为城，抗御曹军，故而得名。城山俗称"神山"。

如果这条史料可信的话，那么城山的这座"古城"至今也有1810年的历史了。不过，三国时期，浠水是吴国地盘是肯定的，浠水境内的策湖（与孙策、周瑜训练水军有关）、散花洲（赤壁之战后犒赏三军而得名）等均与三国传说有关。

更确切的证据是：公元221年，孙权改鄂县为武昌（今鄂州），并在此称帝建都。当年吴国大臣们思恋江南故地，就编造了"宁饮建业水，不食武昌鱼。宁还建业死，不止武昌居"的童谣。先建都在鄂州，后迁到南京（历史上叫建业）。因为有这个典故，毛泽东主席在《水调歌头·游泳》中，反其意而用之，写下了"才饮长沙水，又食武昌鱼"的革命豪情。

四

城山，是历代兵家扼守浠水西南部的要地，文人学士游览观光的圣地，宗教信徒求神拜佛的福地。

据记载，兵家除了吴王孙权驻山扎寨之外，还有唐末农民起义军黄巢、明代永乐年间武城侯王聪、清代咸丰年间太平军首领陈玉成等驻守或争夺过。

针对这一段史料，我对照《浠水县志》补充说明一下：

"乾符四年（公元877年），王仙芝、黄巢起义军攻占蕲州。黄

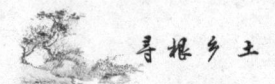

巢所率起义军驻本县黄勉湖、造册桥。"

至于，起义军到过城山没有，还不好下结论。

而王聪是浠水历史上的城山名人，有人物小传流传。抄录《浠水县志》中"王聪"词条如下：

王聪（1362—1409），城山人，明代将军。王聪出身农民，膂（念旅，指体力、气力。民间泛指腰力）力过人。他习武投军，隶属燕王朱棣部下，智勇兼备，能谋善战。洪武二十九年（1396），他随燕王巡视边境，以军功升迁都指挥使。"靖难"之役，燕王夺取帝位，聪被封为武城侯。永乐七年（1409），随征虏大将军邱福出征。福与本雅失里（鞑靼人）交战，本雅失里军佯败，福追击。聪知其计，劝谏福止，福不听从，终中埋伏。聪战死，其尸毁于战场，未能收骨，后追封为漳国公，立碑敕葬。衣冠冢在县司家畈。

在浠水县政协编写的《浠水名山名寺览胜》中写道："宋代任黄州团练副使的苏轼、清代嘉庆己卯科状元陈沆等，均亲睹了城山风光。"

不错，苏东坡谪居黄州的四年零四个月，除了黄州之外，他还先后到过浠水、蕲春、黄梅、罗田、麻城、新洲以及江南的鄂城、大冶、阳新等地。苏轼多次到过浠水，认识的浠水朋友多，特别是和北宋名医庞安时交游，并有大量诗词和故事为证。而庞安时就是浠水麻桥人，故居距离城山很近了。但是，至今我还未读过苏轼记游城山的文字。苏轼来没来过城山，并不好说。

再说陈沆，家是浠水巴河望天湖畔的陈家大岭，按说状元儿时听说过城山，也可能上过城山"求菩萨保护考中状元"，但是我查遍《陈沆集》（宋耐苦、何国民编校，湖北教育出版社 2002 年版），

07 城山踏青观音会

也没有记录城山的诗词,多少有些遗憾。

令人欣慰的是,1992年版《浠水县志》中还是收录了两首古人记游城山的诗词,摘录如下。

其一,明代邑人(本县人)胡行谦有诗《游城山》:

名山斜枕乱云边,沽酒登临竟日还。
千古荒营烟惨淡,三吴遗恨水潺湲。
将军折戟僧挑菜,战士残枚牧作鞭。
试问丹枫与黄菊,为谁装点夕阳天。

其二,清代邑人(本县人)杨继经有诗《仲谋城址》

中原不肯让曹瞒,吴蜀同仇借羽翰。
江艘扬帆横汉渚,岸营坚壁峙山峦。
周郎妙略推天授,吴主军容迎地盘。
赤壁雄图今已矣,里人犹似角声酸。

所谓"江山代有才人出,各领风骚数百年"。浠水是全国闻名的文化之乡、教育之乡、记者之乡,从浠水走出去的"笔杆子"不计其数。就在浠水当地,至今诗词吟唱成风,并有黄冈东坡赤壁诗社、浠水清泉诗社、浠河文学社等文人雅集之所,新作不断。

前两年,时任县委宣传部副部长王峰先生赠我《当代诗人咏浠水》(中国诗词楹联出版社2014年版),该书收录了多位诗人吟诵城山的作品:

王少轩《登城山》、王汝青《春游城山》、王建华《游城山》、龙育三《赞古战场城山》、华仲山《游城山》、刘光宇《秋日登城山》、汪幸东《城山之游》、张成信《春游城山》、张纯道《忆城

山》、林焱山《城山春色》、林楚汉《登城山》、周学建《城山之游》、周跃龙《城山纪游》、姜鸿谟《城山怀古》、袁修钧《游城山》、夏金明《秋游城山》、黄执中《秋游城山》、曾瑞龙《游城山》、翟丙泉《春日游城山》、翟振东《春游城山》等。

这里,且看王建华先生的《游城山》一诗:

乱石闲花石上苔,吴王战垒旧城台。
年年二月观音会,总有游人八面来。

再品张纯道先生的《忆城山》一诗:

膜拜城山信有缘,城山自古是仙山。
儿时喜爱登山事,一说登山夜不眠。

与我同村的华中农业大学老教授曾瑞龙先生的《游城山》,写出了桑梓情深:

栈道羊肠十八盘,盘盘蜀道上青天。
强登绝顶开胸臆,气宇轩昂赛后贤。
寨城高耸雾中悬,疑是神龙舞日边。
三国争雄遗旧址,孙吴韬略万家传。

总之,城山有历史,有传说,有美景,有故事,文人骚客才会诗兴大发,津津乐道。

08 想念父亲的日子

最近,我闲来捧读唐宋八大家的散文集,竟然对写作有些"怯火"了,生怕古人笑话我口水化的文字!于是,个人公众号"凡人之力"的更新就放慢了。

岁末年初的北京,满城的杨柳早被北风脱光了遍体的叶子,只剩下筋骨般的枝丫在风中摇曳。纵横的河流和那些名为"海"的湖面都冻成了水晶体,很快又沦为儿童嬉戏的新大陆。满城穿梭的地铁,如泥土中的一条条蚯蚓迅速地爬过……

又要过年了。回故乡,还是留在京城呢?我有些举棋不定了。

几十年来,可能是因为我辗转了太多的城市,方位感对我很重要,安全感对我也很重要,有时候我的神经也很脆弱,心里会莫名地惶恐起来。每天早上一觉醒来,先要问问自己:我这是在哪里呀……

两年前,接母亲来北京过年,京城没有什么年味。这里不是我的故乡。每当过年的时候,北京的大街小巷就空荡荡的,看来两千多万的北京市民,绝大多数来自外地,甚至来自贴地而生的广大乡村。

偶然听朋友说,她家好几处房子,而在石景山的老房子早已没有人住了,不出租,更不卖。说是她的父亲在那里生活多年,最后在医院病逝的。留着老房子,每逢过年过节,让老人好找到回家的路呀。听到这话,我有些感动,这也算是一种孝道吧。

人生不过百年，我们终将化作尘土。而灵魂呢？是否会寄游在宇宙空间，以另外一种形式存在？我多少有些迷信后者。甚至有学者验证，人死之前，灵魂会离开，而且体重会减轻多少克，那么由此可以衡量灵魂是有重量的，是物质的存在，而不仅仅是意识的……

1月8日，是父亲的忌日。13年前，我在武汉阅马场的教工宿舍还没有起床，手机响了，接到噩耗，父亲突然走了。从此，在人们纪念大国总理的特殊日子，我的心里默默流淌成一条忧伤的河，无数的白花和哀思投放在心上，那是献给我们的一家之主——父亲大人的。

我知道，父亲是个普通的农民，知道他名字的不过是那一片乡村的熟人们。但是在我心中，他就是天！他在，我的生活是一片蓝天；他不在了，我的天空裂开了一个黑洞，连女娲的巧手也补不成……

父亲最后安息在祖坟山上，黑色的泥土掩埋了他高大的身躯，他永久地陪伴在他的父亲母亲、爷爷奶奶等几代人的身边。听母亲说，父亲常常回家来，有时候就在她的床前交代点什么。还是听母亲说，有个亲戚居然梦见父亲去借钱，说在那边得病了，没钱看病。于是，母亲就赶紧烧一大捆"往生钱"……

"人事有代谢，往来成古今。"时间是一剂良药，可以慢慢医治伤口。十多年过去了，我渐渐接受了父亲已不在世的残酷现实。而父亲的人生理念，以及他对我几十年来如涓涓细流般的教导，早已融入我的血脉。鄂东人内心的倔强和工作的勤勉，成为我走南闯北的"标配"。不为名利折腰，凡事顺势而为，踏踏实实地生活吧。

于是，前天夜里，我给母亲去电话，我们还是回老家来过年吧，也别让先人们回家过年冷冷清清的……

09　百年树人养育恩

近日，翻阅复旦大学王水照先生的《苏轼传》。读到苏老泉（苏洵）带着苏轼和苏辙进京赶考，双双得中进士，一时名动京师。作为父亲的苏洵，他该是多么成功和荣耀呀！然而，天不假年，还来不及看到儿子们大展宏图，老泉就因病撒手人寰，享年58岁。

读到这里，我停下来，一下就联想到早逝的父亲。苏老泉和他的两个儿子，成为唐宋八大散文家中的"三苏"，永载史册，高山仰止。而我的父亲没有那么幸运，我也没有那么成器，我们只是人世间普普通通的父与子而已。

今晨，5点多自然醒来。我的大脑还没有来得及从梦境中解脱，仿佛置身影院，剧终了，刚才放映的一幕幕历历在目：

老屋门前，春雨如酥。父亲、哥哥和我，打着"科头"（方言，未带雨具），在自家一大片翠绿的竹园里，寻着空地，忙着种下树苗。父亲不老，还是五十多岁的样子。他一边种树，一边细听我汇报这些年来工作上的事、家里的事。他的表情很慈祥，带着微笑。

我对父亲说，最对不住他老人家的就是，东奔西走，冇下狠心，老屋还冇变个样。快40年了，一座老屋承载了太多的过往。但是，老屋再也经不起大风大雨了。一旦不住人维护，随时都会倒塌。住人，也总是提心吊胆的。我承诺，尽快解决这个"老

问题"……

　　说来奇怪,父亲离开我们13年了,他很少进入我的梦中来交流。很想会一会他的人,却总难以如愿。今年是父亲的本命年,父亲该过72岁了。

　　除夕,吃团年饭前,我依着老家的乡风,跪在堂屋地上,磕了三个头。母亲趁机说,叫你伯(父亲)和祖人保护好你一家人!那一刻,我的眼里有种液体奔流,要漫出来……

　　昨天,是核工业人不能忘却的日子——"311"(日本福岛核电站泄漏事故)。今天,正好是3月12日,一年一度的植树节。父亲竟然带着我们,在梦里种下了一棵棵新的树苗,种下了新的希望!这是巧合,还是天意?

　　父亲一走,那是我生命中重重的一击,我很有些挫败感,很有些灰心,甚至有了更多宿命的念头。我曾经将生存的精气神托付给《道德经》,托付给《六祖坛经》,托付给无法主宰的命运之神。我竟然有了"小舟从此逝,江海寄余生"的无限惆怅和心灰意冷……

　　我的老家七里冲村,过去是浠水县有名的绿化先进单位。当村干部三十多年,父亲年年带头种树,还多次向县林业局申请资金支持。每一个林场,每一座山山岭岭上,他穿着黄球鞋健步走过,他用锄头种下一棵棵枞树、杉树等等。回到家来,他领着我们,在房前屋后种下桂花树、香樟树、橘子树、毛竹、水竹……

　　最难忘的是,当儿女们长大成人了,如鸟儿们展翅拥抱诗和远方之后,父亲悄悄在东山的荒坡上,种下了三棵树:李子树、柿子树、板栗树。

记得有一年春节前,父亲带着扁担,赶到十几里路的和平小镇上迎着我们,欢快地挑上行李,迎接我们一家三口回家过年。

回到家,他笑着对我说,坡上种了几棵果树,留给你们。你晓得什么意思吗?果树尚小,冬天光秃秃的枝丫,哪里分得清什么品种。他大手一指:李子树、柿(方言音同"自")子树、板栗树。

我知道,父亲是当地公认的文化人。我对文学和新闻持久的热爱,是父亲长期不懈培养的结果,我才是他一生最精心栽种的"树苗"。多年来,我习惯了应对父亲随时出的各种"考题",犹如古代文人之间的唱和一样。

我默念:李(方言同"你")、柿(自)、栗(立),你自立?——你自立!

于是,我带着求证般的口气答复父亲:是"你自立"吧?他笑了笑,点点头,还意味深长地说:希望你们要自立、自强,做个对社会有用的人,不仅有本事活命,还能"修身齐家治国平天下"……

常言道:"十年树木,百年树人。"父亲生前种下的那些树木,早已成林、成材了。而我,依然奋斗在"成人"的大道上,奋斗在为实现"中国梦"的芸芸众生之列。

是的,父亲是个坦荡无私的人。他用一生为我搭建了一座引桥,通向无限宽广的社会舞台;他用一生赐给我一双慧眼,透视扑朔迷离的未知世界……

"谁言寸草心,报得三春晖。"谁也无法料想,父亲没有等到我们尽孝和报恩之时,没有享到我们一天的福,就转身匆匆而去了。"托体同山阿",阴阳两隔,抱此天涯之憾!

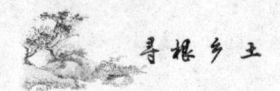

　　人生如梦。苏东坡先生写得更为贴切:"人生到处知何似,应似飞鸿踏雪泥。泥上偶然留指爪,鸿飞那复计东西。"

　　多年以后,我偶然读到圣人孔子的教导:"父在观其志,父没观其行。三年无改于父之道,可谓孝矣。"(《论语·学而》)顿时,我豁然开朗,终于找到了父子对话的新的方式!

　　再过二十来天,又是一年清明节。祈愿父亲在天之灵,安息吧!父亲,我们永远想念您、爱着您!

10 父亲带我进党报

每周5天的工作日,从北京房山线到9号线飞驰的早高峰地铁上,单趟一个多小时的旅程,我习惯性地点开手机人民日报客户端的"报(版面)",当天24版的《人民日报》就呈现在眼前,并争取在下车前读完……

太阳每天都是新的。《人民日报》每天也是亮点纷呈,令人爱不释手,譬如:头版的要闻和版面设计、二版的重要讲话稿、四版的"人民论坛"、理论版的深度思考、科技版的最近发明创造、文艺评论和副刊的精彩文章……

遇到需反复咀嚼的篇章,我就顺手转发手机朋友圈,并加几句导读,与朋友们分享。不少人点赞我是《人民日报》的忠实"粉丝",每天看看我的朋友圈就等于速读了《人民日报》精华版。

众所周知,《人民日报》是世界上最大的政党——中国共产党的机关报,是中国第一大报,更是中国新闻战线的排头兵,发挥着至关重要的作用。而我是有近20年党龄的党员,阅读党报是我们党员进行政治学习的权利和义务;作为企业宣传文化工作者,阅读党报是我们第一时间了解党中央最新政策和业务学习的捷径;作为新闻科班人士,阅读党报是我们保持专业敏感和从事学术研究的需要。总之,每天阅读《人民日报》,完全是我自觉自愿的行为,受益匪浅。

更为重要的是,几十年来,我坚持拜《人民日报》为师,像

向日葵一样充分吸收党报的"阳光和雨露",人生的格局越来越大,生活幸福指数也越来越高。

犹记四十多年前,我出生在闻一多先生的故乡——有"记者县"之称的湖北浠水。当年可谓穷乡僻壤,我不过是井底之蛙。但是,长期担任大队(村)会计的父亲,每每读到《人民日报》上的好文章,总要带回家来。我没有"发蒙"之前,父亲念原文给我听。等我上学了,父亲就听我来朗读,并教我用《新华字典》《现代汉语成语小词典》等工具书查阅生僻字词,读完还要回答他设计的提问……

早在1943年,胡乔木同志就指出:"报纸是人民的教科书,而党报,就还是党的教科书。党报的每一个写作者、编辑者、校订者,都是党和人民所聘请的教师。"是的,无论是在中国革命、建设和改革开放时期,《人民日报》是当之无愧的"人民的教科书",是党和人民的耳目喉舌。

后来,读研究生期间,我以党报副刊作为毕业论文选题,将《人民日报》副刊纳入研究对象之一。我在高校主讲《新闻编辑学》等课程,坚持以《人民日报版面备要》一书和最新的报纸版面作为案例教学,两度被评为"全校最受欢迎的老师"之一……

2008年我有幸被中国传媒大学党报党刊研究中心录取为博士生。在人民日报社全力支持下,知名党报学者王武录先生悉心指导下,我系统阅读了人民日报社报人胡乔木、邓拓、吴冷西、邵华泽、范敬宜、梁衡、袁鹰等名家著作,还聆听了张虎生、米博华、何崇元、谢国明、温红彦、林治波等老师来校授课,更加懂得了《人民日报》的分量……

后来,我的毕业论文选定了人民日报社新媒体板块——人民网

业务研究，有幸多次走进人民日报社大院，走进新闻事业如火如荼的人民网学习，并得到了何加正、官建文等老师精心指导和无私帮助，还发表了《人民日报的全媒体之路》等学术论文。如果没有背靠人民日报社的学术资源，我无法想象做科研的进程……

正是得益于人民日报社的关怀，全国独树一帜的中国传媒大学党报党刊研究中心办起来了，而且培养了一大批博士、硕士、博士后和外国留学生；自2004年以来还连续举办了15届"人民共和国党报论坛"学术年会，成为中国新闻教育界的一大学术品牌。

2011年6月，我毕业回到核工业系统。在工作中，我与坚守核工业报道的人民日报高级记者蒋建科老师一见如故，并就中国核电"走出去"、高温气冷堆示范工程、"华龙一号"核电建设等进行深入合作，提供了大量第一手采访素材；还向蒋老师请教由他率先提出的"农业新闻学""超视距新闻学"等新的学术理念……

蓦然回首，四十多年前，从父亲领着懵懂无知的我踏入《人民日报》的"百花园"开始，我一步步跟着人民日报社的老师们学习和进步；从鄂东乡村走进省城，再辗转来到首都北京学习和工作，一步步把新闻人的梦想变成了现实……

如今的父亲节，我只能独自阅读《人民日报》，以此来追思天堂中的父亲……

11　走近父亲

　　今年的植树节，早上醒来前，我梦见了父亲，和他一起冒着潇潇春雨，在老屋门前种树。像是历经一场漫长的离别，我们急切而热烈地交流，直到一梦结束，还意犹未尽……

　　前些日子，眼见清明节越来越近了，我电话征求母亲的意见。她似乎怕我花钱，怕耽误我工作，并不强求我回来。然而，随着儿子成人上大学以后，我也隐约感到了"空巢老人"的那般落寞，甚至会变着法子哄孩子回来住上一天半天。

　　上周六，我陆续知道了不少朋友在回浠水途中，或有即将回乡祭祖的打算。于是，我那情感的小舟一下被这股来势汹汹的"浪潮"打翻了。真的再也坐不住了，只有一个念头：回家！

　　母亲本来计划4月7日上山祭祖，说是看了老黄历的好日子。我说早点吧，就4月5日清明当天，否则我要推迟返京的日子。按浠水风俗，清明前后三天都可以上坟祭拜。母亲明白我想"会一会"父亲的念头，她就没有坚持了。

　　"清明时节雨纷纷，路上行人欲断魂。"这简直像是魔咒，4月5日早晨，前一天的大好太阳躲了起来，从夜里就下起了大雨。上午9点多钟，我戴上塑料布和竹篾编织的斗笠，带上祭品，和哥哥一道向屋后的祖坟山出发。

　　这些年来，打工的人往外走，乡村留守的人少了，拣柴火的也少了，漫山的野草丛生，哪里有路可寻？哥哥手握一把毛镰在前

11　走近父亲

头，沿途斩断荆棘和藤蔓，硬是闯出一条登山的路。

实在无路可走之时，我们小心地经过一块块黑色的墓碑和土堆，碑上大多是我曾经无数次亲热地叫叫喊喊的那些熟悉的长辈名字。仿佛他们还在世一样，我路过乡村那一户户沸腾的人家门口，算是默默地与他们见面，再也没有儿时对鬼、对坟的无比恐惧。

我家的祖坟地到了。高祖、曾祖、祖、父，由我上溯四代的男性们，集中安息在半山腰的一大块坡地上，也有比邻而居的意思。而女性长辈们，只有曾祖母和祖母的坟茔可辨。

水有源，树有根。依照习俗，哥哥依次在先人们坟前燃香、烧纸、献祭、放鞭。老天爷有眼，就那一阵儿，雨也住了，不妨碍我们完成祭奠的仪式。据说，有人就因为雨落大了，连"往生钱"也没有办法现场焚烧，只好提回家再来一次。

我们一一向祖人们磕头，最后才是父亲。

父亲坟上，有隔年的荒草和今春的新绿，密密麻麻地拥挤在一起，像他在世时没有及时修整的黑的、白的头发和胡须，杂乱无章。这是我们儿女的不孝，没有提前整修一番，满目荒凉。在坟前，这是我和父亲靠得不能再近的距离了。哪里能像过去，抱着他高大的身躯，牵着他温暖的大手，夜里躺在一起，读着报纸说笑在一起……

如今，隔着野草，隔着泥土，隔着棺木，我哪里见得到父亲的影子呢？生者与逝者，隔着阴阳两界，隔着一口呼吸的热气，隔着一段向死而生的续写历史的时日……

此时，天空中的细雨，如泪水悄悄落在我的斗笠上、后背上。我眼中的泪水如小河流淌，倾泻在父亲坟前的泥地上……

那一年，父亲走得太突然，一具黑漆漆的大棺被抬至此地。春

去秋来，一晃就过了十多个年头。千言万语，又从何说起呢？做了一辈子好人的父亲，应该上了天堂，在头顶默默注视着我。如今，我既是儿子，也是父亲。唯愿逝者安息，生者安生，大家的日子越过越好吧……

祭拜完毕，我胡乱擦了一把眼泪，依依不舍地告别先人们。一年一度，只好相约下一个清明节的会面了。

我们刚回到家，取下满是雨水淋洗过的斗笠，外面的雨又下大了，下急了。我暗自寻思，难道父亲在天之灵，还在暗中庇护着我们，求得这一回"见面"的大好机缘？有道是：亲情无价。冥冥之中，亲人们会传递着爱的信息，直到永远……

12　由红领巾所想到的

　　每年六一，我能想到的最快乐的事情，应该是在故乡的乡村小学操场上，老师给我戴上了红领巾。那一方小三角的红布块，从此就有了"符号价值""仪式感"，我当成宝贝一样看护着。

　　后来，我在武汉教一所大学，儿子跟着在武昌阅马场小学就读。早上小家伙总忘了戴上红领巾，于是央求我给他1块钱的大钢镚儿，他飞快地跑到校门口生意异常火爆的小杂货店，转身就领回一条崭新的红领巾。然后笑眯眯地跨进学校大门，如电影画面一样，在我的目光中钻进了楼上的教室……

　　我儿时只戴过那一条棉质的红领巾，从没丢过。好像偶尔不小心染上过钢笔的纯蓝墨水点点，回家还反复提醒母亲打肥皂多搓洗几遍，别让"革命先烈用鲜血染红的"红领巾搞脏了，怕对不住人。当然也怕老师批评，怕同学笑话，那必须要郑重其事！

　　等到儿子上小学后，看着家里一条条劣质的化纤布做成的红领巾，举在眼前有稀稀拉拉的窟窿眼儿，就觉得儿子这一代人心中，完全没有了我们当年对待红领巾的神圣感了。在他们幼小的心灵中，那只不过是一元钱的商品而已，只有"符号"和"应付"的心态，这就很有些可怕了……

　　其实，人生不能太随随便便了。生活中的仪式感、庄重感、敬畏感不应该被简单地"省略"，更不应该心存无所谓的"老油条"心态，因为那样的人生是粗糙的，没有任何品质可言。

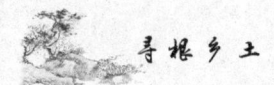

置身地铁空间,从来不会限制我的想象力。我进而想到,正如人生中的初恋,因为年少时候的青涩和"不懂得",于是总想努力去表现,去博取对方的欢心和加分。那种追求和新鲜的过程,少不了想象,更伴有几分神秘感。人生中的小概率事件,那也算是万幸的,初恋居然变成了婚姻中的另一半,一脚就登天了。

然而,伴随着岁月流逝,两人共同生活中不可避免的平庸和矛盾,不可避免地会见异思迁。如果我们不善于经营感情,一天天过下去,消减当年焚心似火的爱,犹如放射性物质不断在衰变。如果婚姻走到尽头了,感情微弱得甚至怀疑自己当初何以鬼迷心窍,人生就会苍白得惨淡无力……

在我的眼中,初恋最好不要简简单单地步入婚姻。一旦步入婚姻了,最好不要半道儿就"散伙",否则那可是人生中的大不幸了。你想呀,当年爱得死去活来的人儿,为爱迷失了自我的人,鸳梦一朝踏空了,前方岂不是万丈深渊呀,该是多么大的打击呀?

我不知道,这算不算杞人忧天?算不算我胡思乱想?

当然,我更愿意将初恋如神仙一样供奉,最好离得远远的,哪怕岁月将她风化成"木乃伊",神圣感依旧在!当年的那一段恋情,如琥珀之中的小虫儿,那么真切地固化在那"标本"之中,还来不及想明白怎么一回事就结束了……

红领巾之中,有我的初心。

青苹果般的初恋之中,也有我的初心。

于是,今年六一儿童节的早晨,我在并不太拥挤的9号线地铁上,站立着玩码字游戏。

而我的正前方,一位穿着孕妇装的女子坐在地铁长椅上闭目养神,小宝贝正在准妈妈的"宫殿"里酣睡,明年的六一等着她或他……

13　假如没有高考

用老家的话说，大概我"懂事"有点太早，很小就生怕没女伢看上我，长大了怕找不着老婆，像村里的"单扇"（单身汉）大叔，一个人进进出出，冷火熄烟，可怜兮兮的。后来，又听说有位大叔居然半夜摸到寡妇窗下，被人家成年的儿子发觉了，驮着樅担（两端带尖锐铁器的农具）追赶，并扬言要杀死他，骂他果真不要脸了……

我的父亲没有参加高考，连中考的机会也没有。因贫辍学，他只上了半年初中。父亲的同龄人也因"文革"而中断学业，恢复高考之后，有机会考上的也属凤毛麟角了。大多数人只好认命扎根故土，可以自我解嘲说，毛主席他老人家不是说过：农村是一个广阔的天地，在那里可以大有作为……

上一代人的种种人生遗憾，往往会累积成下一代人的"债务"。上大学是父亲遥远的梦，这就成了父亲的心病，也成了他不断苦口婆心地教育我的原动力。其实，父子毕竟是两代人，这种"还愿"心态未必都能实现。记得我小学数学老师的儿子，被他父亲大巴掌大巴掌地扇过，也没打成什么"学习尖子"。小学五年级时，还听说这家伙午睡"做了一坛酒"——在他父亲教师办公室的床上尿湿了一大片……

几十年来，父亲只对我动过一次手，而且他那次真的是气急败坏了，在我胳膊上用力"掐"了一把，也就是扭了一下皮肉而已，

我并不感到痛,连眼泪都没有一滴。须知,父亲平时很温和,尤其善待我。但是,当过多年民办教师的他,毕竟"杀气"太重。他稍稍一板起脸来,清瘦的脸上笑容马上会冻住僵住,眼里射出令人敬畏的寒光。据说,乡村甭管多么调皮的小孩没有不害怕他的……

20世纪80年代,没有九年义务教育的强制手段,连小考、中考都是残酷的淘汰赛。农村孩子上到初中就算是幸运的,而我轻松过关,一路绿灯。等我考上高中之后,才觉得父亲落伍了。他不能再辅导我的学业,却又总提出不切实际的高要求,甚至是冷嘲热讽,用上"激将法"。他嘴里我耳边就是那几句原话,让我一心钻进书本里,向学校光荣榜上的"别人家的孩子"看齐等等。我回敬说他的言语太伤人,好比那杀人不见血的"软刀子"……

我吃了自信的亏,也吃了高考的亏。明明记忆力突出,文科的几门功课优势多多,却信奉"学好数理化,走遍天下都不怕"的说法,甚至异想天开将来当当"科学家""工程师",主动选择进了理科班就读和应试。当然,那一届高中文科班的女生太多太美,我也很担心"误入藕花深处""惊起一滩鸥鹭",万一早恋堕入情网了呢……

后来,我是经过补习才考上大学的,还是物理一科太差,拉了总分的后腿。本来报了师范院校的数学系和生物系,偏偏又被调剂到师范类的机械系,学习起来又吃了理论力学、材料力学、公差测量等专业课的亏……

高考落榜,不是坏事。那是我二十岁之前最大的失败,最大的难堪。应届那年的高考分数出来了,我估计应了父亲常常念的报纸宣传语:"榜上无名,脚下有路。"父亲从学校回来了,满脸阴云地递给我一个窄窄的、长长的分数条,总分451,距"吃商品粮"的

最低线——黄冈地区中专分数线少五十多分,距大专分数线少六十多分……

坚持?放弃?这是一次艰难的抉择。如果放弃,我可能回村教小学吧,毕竟我是村干部的"公子",应该可以"开后门"。然后找个中意的村姑,生两三个虎头虎脑的孩子,过日子也挺好的。如果放弃,我是否会参军入伍,然后争取考上军校,实现我的军人梦?如果放弃,我是否会拣起笔来写诗歌写散文写小说,在乡土文学创作的道路上硬往前闯……

短暂的迷惘之后,我咬牙选择了坚持补习。一次败退,不应该成为终生的痛点。在我的人生字典上,还真不能接受"失败"的屈辱。尤其是青春年少之时,可不能开个坏的头,否则我后面的路怎么走呀?

父亲坚定地支持我,给我数出十元十元一叠的补习费。一个小木箱儿、一床被子、一堆高三的复习书,我又挑着行李出门了。在九月的烈日下,我低头走过巴河长长的堤岸——对面的望天湖清波荡漾,映着阳光极其刺眼,昔日闻一多先生读书写诗的"二月庐旧址"就在不远的岸上……

从哪里跌倒,还从哪里爬起来。和众多百折不回"跳农门"的同学们并肩作战,经历过一番苦苦挣扎,我终于从闻一多中学考到了武汉上学,一举改变了我的人生道路。

高考,无情落榜和金榜题名,这地狱和天堂的一番经历,给了我足够的心理上的磨炼。而且前者更重要,它给了我一次无比深刻的"挫折教育",给了我直面惨淡人生的巨大勇气。

后来,工作多年以后,我决定报考硕士研究生,从机械专业转考热爱的新闻专业,我觉得如鱼得水,应付余裕。再后来,博士

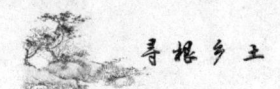

报考武汉大学、浙江大学、中国传媒大学的种种折腾，我都等闲视之，云淡风轻。最终，我欢欣鼓舞地奔走在新闻理想的长路上，还能拾级而上，顺理成章。

没有高考，我肯定也能活命，只是没有现在这样的达观，无缘享受后来更多读书思考的快感。高考落榜不是什么奇耻大辱，何况20世纪80年代末湖北考生录取率也太低了，那年月考上的叫"国家干部""精英分子"，至少也是玩转高考试题的"熟手""高手"……

说实话，假如没有高考，农民大伯的我也早该当爷爷了。

14 "民兵"的自白

眼看八一就要来了,这是中国军人的节日。与我有关系吗?

几天前,有位多情的美女老乡胡老师,写了一篇文字叫《女人的军营情结》,说年轻时候想当女兵,当兵不得又想当军嫂,后来连军嫂都没有缘分。于是,她就有了太多的感叹,文字磨磨叽叽,流淌成一篇柔情似水的小女人文字。我猜想,可能她过去有个恋人是当兵的,至今徘徊心头吧……

昨天,我趁着休息时间,拜读了浠水籍著名作家何存中先生签名本《姐儿门前一棵槐》。全书以鄂东黄麻起义这一宏大的历史背景,用散文诗的语言,成功塑造了陈将儒(牛儿)将军和两个女人的故事。这又是巧合,建军节之前的军事题材阅读。

我身上没有军人气质,可能多少有点文人气质,但是更多的可能还是土匪气。我身边不乏现役和退役的军人。和他们混在一起,酒桌上我也自称是"当兵的",不过我赶紧补充道,是来自鄂东的"民兵"!

鄂东是民风彪悍的古楚地。自古以来,这里的人不惹事,不怕事,爱打仗,爱造反,这是楚人的文化基因。

据说我是早产儿,生下来瘦瘦弱弱的。我的婆(奶奶)生怕养不活,还阴阴地问过算命先生。上面的哥哥有残疾,这样我就有被保护的"大熊猫"的感觉。加上父亲管教很严格,从小以读书为主,调皮的事情做得少,野性并不足。

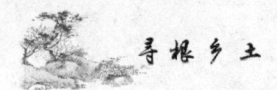

当然，我也有大胆的时候。小学期间，几位老师批评我，或者动手打我，我就当场骂人。这是很出格的。要是换作别的孩子，老师一句话"我开除你"，早吓哭了。我是根本没有"号"（吓）到，不"耳"（怕）他们那一套。

因为我的小学老师全是代课的民办教师，他们的命运掌握在大队干部手上。恰恰我是大队干部的儿子，自然也是当地的"恶少"之一。你敢开除我？我回去告状，统统开掉你们这些不听话的老师！

虽然正派的父亲根本不可能听我这小屁孩的话，但是我居然从小就有这样莫名而蛮横的想法，足见"官家子弟"害死人！不过，与父亲"玩得合适"（相处得好）的熊校长，晓得父亲的脾气和严格，有次还真把我关进了校长办公室，狠狠地教训了我一回。

说实话，我并不是那种天生温驯的人。上了初中，就变得怯弱听话了，知道大队干部管不到乡镇去，鞭长莫及，这也叫"知敬畏"了。

其实，我之所以自称"民兵"，不是没有理由的。在我的硕士毕业论文后记之中，又自称为"战士"。这些说法，类似于自我鉴定，我大胆亮出读书人身上少有的"战斗精神"！

有位朋友对我说，可能我们都是骑马民族的后人。他论证说，人类的优胜劣汰，决定了骑马民族具有优势，其他民族一一被征服、被镇压了。他甚至得出结论，我们都是"坏人"的后人，因为好人最终要被坏人消灭。听一听似乎有些道理，但是我总不能为祖先抹黑，我还是不承认祖先不好吧。

不过，几十年的社会经历告诉我，像我这样来自鄂东山乡的一介草民，还真得具有战斗精神，否则无立足之地。

犹记高考之前，一群农家子弟，真叫"头悬梁锥刺股"，拼命

14 "民兵"的自白

复习备考。那时候的说法,"分呀分,学生的命根",千军万马争过"独木桥"。

大学就业之时,我主动选择了远离故乡的湖北宜昌,为了在"一张白纸上画最美的图画"。

后来,考研考博的经历,在我的两本散文集《留住乡愁》《回望故乡》之中,写得够多了,也就不再赘述了。不断挑战自我,超越自我,才能让平淡无奇的生活变个花样儿。

相对于单兵作战,我还真有胆量,可以冲上去"拼刺刀",无所畏惧。后来,拖家带口,我们三口之家从宜昌迁到武汉,从武汉迁到北京,那更需要战斗精神。好在还有众多朋友、单位支持,困难就如弹簧,你强它就弱了。

生活,从来不会是一帆风顺。没有当过兵的人,多多少少有一些遗憾吧。不过,得失之间,很难分得那么清楚。不过,军人的血性和战斗精神,对于普通人而言,也不妨磨砺一下。须知,生活的挑战无处不在,最好还是迎难而上吧,谁怕谁呀?

前面的路,还有坎坎坷坷。自称鄂东"民兵"的我,敢于战斗,也敢于胜利!

15 庞安时与苏东坡

清明节期间,我回到故乡祭祖,得知浠水县两大文化小镇正在建设:巴河镇的闻一多文化小镇和清泉镇的庞安时文化小镇,这真是乡村振兴的大好事。

闻一多先生是现代著名诗人、学者、民主斗士,没有人不知道。在中小学课本中,收入了多篇与闻先生有关的作品,教材就是最有影响力的大众传播载体。特别是,毛泽东主席振臂一呼,在其名作《别了,司徒雷登》中写道:"我们中国人是有骨气的。闻一多拍案而起,横眉怒对国民党的手枪,宁可倒下去,不愿屈服……"

然而,庞安时因为是古人,没有多少人知道。毫不夸张地说,就是浠水人不识庞安时的,肯定大有人在。前几天路过浠水县中医院,外墙还写着"庞安时医院"几个大字。据说院内有庞安时雕像,还有庞安时史料陈列室。坦率地说,客观地宣传一下庞安时先生,很有必要。

庞安时(约1042—1099),字安常,自号蕲水道人,蕲水(今湖北浠水县)麻桥人,被誉为"北宋医王"。

1998年3月,时任黄冈市卫生局局长熊传海先生主编了《鄂东四大名医》一书,系统介绍了四大名医:伤寒病理学家庞安时(浠水人)、划时代巨著《本草纲目》作者李时珍(蕲春人)、明代医圣万密斋(罗田人)、清代名医杨际泰(武穴人)。

15 庞安时与苏东坡

其实,庞安时名气很大,特别是在生前,而不是死后。因为庞先生的朋友圈很牛,"牛人"之一,他叫苏东坡。用今天的话说,苏东坡可是当年的"意见领袖",他要是拿手机一发朋友圈,那还了得?他的诗作当时就传到辽国、金国、高丽(朝鲜)等境外。距今差不多一千年前,没有手机,但是苏东坡名气太大,特别是他的诗文,传播速度之快,令人吃惊!哪怕他身处蛮荒之地,一有新作,很快传遍京师。

而在北宋大文豪——苏东坡先生的文字中,至少有两篇专门提到了庞安时先生,而且讲述了他们之间交往的故事,很生动。

一、庞安时为苏东坡看病,并同游清泉寺

自从苏东坡贬谪黄州之后,多次想买田置地,意图在此安居乐业,甚至终老东坡上。结果,专程到螺蛳店看田,竟然得了一场病。后慕名找到了名医庞安时,并且治好了病。苏东坡是一个乐观的人,也是爱开玩笑的人。他看到了耳聋的庞医生,说他们俩都是"异人"。因为他们靠写字来完成医患交流,一个是"以手为口"(苏东坡),一个是"以眼为耳"(庞安时)。

后来,两人同游了浠水古刹——清泉寺,还品尝了王羲之洗笔泉。苏东坡留下了一首著名的词作《浣溪沙·游蕲水清泉寺》:

山下兰芽短浸溪,松间沙路净无泥,萧萧暮雨子规啼。谁道人生无再少?君看流水尚能西!休将白发唱黄鸡。

当天,平生不会喝酒的苏东坡还"喝高"了,正所谓"极饮而归"。足见东坡先生与庞安时先生是很投缘的,一见如故,否则是放不开手脚的。

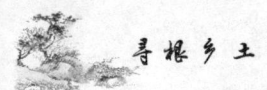

本故事原文如下：

《书清泉寺词》（苏轼）

黄州东南三十里为沙湖，亦曰螺蛳店，余将买田其间。因往相田得疾，闻麻桥人庞安常善医而聋。安时虽聋，而颖悟过人，以指画字，不尽数字辄深了人意。余戏之曰："余以手为口，君以眼为耳，皆一时异人也。"疾愈，与之同游清泉寺。在蕲水城门外二里许，有王逸少洗笔泉，水极甘，下临兰溪，水西流。余作歌云："山下兰芽短浸溪，松间沙路净无泥，萧萧暮雨子规啼。谁道人生无再少？君看流水尚能西！休将白发唱黄鸡。"是日极饮而归。

二、庞安时向苏东坡求字，并赠送廷珪墨

庞安时出生于浠水麻桥的医学世家，曾祖父叫庞憺，祖父叫庞震，父亲叫庞庆，都是名医，无官职。出生在书香门第，爱好诗词书画，这是可以理解的。

庞安时治好了某一位重病患者，不收费，提出只要他收藏的"廷珪墨"。过去，书写全靠笔墨纸砚，好墨块是文人求之不得的。据记载，南唐墨官李廷珪（本姓奚，后赐姓李）所制作的墨，坚如玉，纹如犀，自宋朝以来推为第一，世称"廷珪墨"。

苏东坡不仅是北宋著名的诗人、词人，还是著名的书法家、画家。当时，得到苏东坡的墨宝，是一种荣耀，也自然是"传家之宝"。庞安时先生不是张口硬要，而是赠送"廷珪墨"，以物易物。

苏东坡记载了这桩"以墨求书"的故事，还借机宣传了庞安时撰写的伤寒学专著，即传世的《伤寒病总论》。该书宋刻本传到清代，1937年上海商务印书馆首次铅印，1956年再版发行，1987年

15 庞安时与苏东坡

湖北科学技术出版社出版了简体横排释译本。本故事原文如下：

《书庞安时见遗廷珪墨》（苏轼）

  吾蓄墨多矣，其间数丸，云是廷珪造。虽形色异众，然岁久，墨之乱真者多，皆疑而未决也。有人蓄此墨再世矣，不幸遇重病，医者庞安时愈之，不敢取一钱，独求此墨，已而传遗余，求书数幅而已。安时，蕲水人，术学造妙，而有贤行，大类蜀人单骧。善疗奇疾，字安常。知古今，删录张仲景已后《伤寒论》，极精审，其疗伤寒，盖万全者也。

16 庞安时与侯严

庞安时先生医术高明,名震江淮地区。他的医疗活动,除了蕲水县境内,主要是江淮一带。在宋神宗、哲宗年间,前来求治者"日满其门",达官显贵,争相延聘。而且,一代名医庞安时先生,德望之高,当世无比。他的医德和精神风范,后人在《鄂东四大名医》一书中归纳为"两待"和"四不":

一待病人如亲人。对留诊患者,在物质上给患者施舍,并耐心照护,"调护以寒暑之宜,珍膳美饘(zhān,稠粥),时节其饥饱之度"。

二待病人一视同仁,"凡人疾诣门,不问贵贱贫富,爱老而慈幼","耐事如慈母而有常"。

一不索取病家财物,"以拯济为心",每诊民家之疾,"脱然不受谢而去"。病愈后,"病家持金帛来谢,不尽取也"。

二不欺骗误导病人,"其不可为者,必实告之,不复为治"。

三不用病人试药,"未尝轻用人之疾尝试其所不知之方"。

四不乱处珍贵之药,因"用药极贵",令民家难办。

再说侯严,何许人也?

1985年8月18日,浠水县清泉镇云路口村第七组与浠水电力变压器厂宿舍南边的围墙脚坡交界处,发掘一北宋古墓,墓主人姓

16 庞安时与侯严

侯，名严，字仲修，湖北兰溪（今浠水）人，北宋元祐三年得疾，元祐四年（1089）农历二月十日病丧。石碑（现存浠水县博物馆）《宋隐居侯君墓志铭》中记载：

"元祐三年，君偶得疾，乃召居士庞君诊视。庞既至而疑焉，君亦深喻其旨，了无留难之色，虽勉服药饵，扶持累月……"

（《鄂东四大名医》第65-66页）

由此可知，侯严是庞安时生前接诊过的病人之一，且比庞安时早逝10年。查资料，庞安时卒于元符二年（1099）农历二月初六日，同年葬于蕲水龙门乡费图村。（《鄂东四大名医》第72页）还有一种说法是，庞安时卒于元符二年农历闰九月二十七日。

侯严古墓的发掘，是湖北考古界的一件有价值的事情。且看陈振裕、张昌平主编的《湖北文物典》（湖北长江出版集团、湖北人民出版社2010年版）一书相关词条：

《浠水城关元祐四年宋侯严墓》

宋代墓葬。位于浠水城关。1986年发掘。据所出墓志知，该墓的下葬年代为北宋元祐四年（1089）。该墓为夫妻合葬的石室墓，平顶，由前堂（享堂）与后室两部分组成，全长6.07米，前堂宽3.2米，后室宽3.78米。两室均为长方形，室前设有同样大小的享堂，两享堂之间有门洞相通。墓室盖板和四周墓壁及隔墙均为灰麻石砌成，各盖板之间以榫头相接。

从出土的铁质棺钉看出，后室内原有庞大的髹（xiu，以漆涂物）漆木棺葬具。随葬遗物丰富，出土陶、瓷、石、铜、铁、银、木等各种质地的随葬品共110多件，主要器类有陶罐、瓷钵、盏、

缸、石砚台、铜镜等,另外还出土石质墓志一方以及铜钱若干。除陶罐外,随葬品多出于后室。

该墓形制宏大的石室,是对《宋史》所规定的丧葬礼制的一张僭(jiàn)越(超越本分),结合所出墓志,可以折射出北宋时期随着商品经济的发展,新兴的商人地主阶层得以涌现的史实。(《湖北文物典》第61-62页)

可见,当年在蕲水乃至江淮地区,侯严家族是富甲一方的地主,否则墓葬和陪葬品不会如此奢华。在侯严的墓志铭之中,我们又间接地获悉了庞安时就诊的鲜活史料。如果从侯氏后人的角度来看,庞安时是一代名医,侯严有幸得到他的医治,所以才会怀着感恩之情写上这一笔的……

17　不该忘却的民国将军

为了隆重纪念辛亥革命100周年，时任湖北省委书记罗清泉指示，民政部门尽快查询南元超及其后人情况。几经周折，浠水县民政部门找到了汪岗镇天子岙村的南策英先生，确认了南元超是浠水南氏后人。此后，南元超的曾外孙王邦文女士、王邦平先生多次回浠水祭祖。后人在浠水还竖立了"南元超将军千古"纪念碑，永志不忘。

在王楚平先生的《寻梦黄冈》一书之中，附有《黄冈籍中华民国将军名录》（1912—1949，204人），居然没有查到南元超将军的名字。其中，蕲水（今浠水）籍将军17人，分别是：

上将：孔庚
中将：汤芗铭、奚宗唐、陶钧、江楚涛、李凤藻
少将：华觉民、汪伯雅、汪以南、卢蔚乾、李石樵、徐复观、詹庚北、游凌云、陈肖威、郭寿松

毫无无疑，南元超将军被遗漏了，且应该位列中将。那么这一史料应该纠正：黄冈籍中华民国将军应该是205人，蕲水县籍的将军18人。还应说明的是，已经出版的《浠水县志》等地方史料，也大多缺少对南元超将军生平介绍。

年代久远，现在网上能够找到南元超将军的史料太少了。幸运的是，我手头有一本南策英先生的文集《野老行吟》，收录了一篇

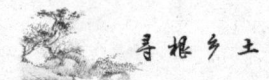

文章:《黎明前夜的护花使者——记为"五四"爱国运动英勇献身的南元超将军》。文末注明,作者写作时参考了《湖北省志人物志稿》《武汉文史资料》《南氏政分九修宗谱》等资料,还专门采访了南集奇(南元超在武汉收养的孙辈)之子南友缘。

这里简要引述文中一些史料,向更多朋友介绍一下浠水籍爱国将军南元超。

南元超(1875—1919),字辅庭,号芙汀,祖籍浠水县汪岗镇天子呑村人。清朝天津武备学堂毕业后,历任北洋军把总、千总授五品军功顶戴、都司、副将、提督、将校等职,总兵授双眼花翎顶戴。北洋军陆军教练处校兵委员。1902年任北洋常备军军政司校兵股提调。1904年任第一镇炮队、辎重队第一营管带。1912年任陆军第二师骑兵第二团团长、授嘉禾勋章。1916年任中央陆军第35步兵旅旅长,后兼任武汉卫戍司令。1918年5月24日授陆军少将。1919年8月19日加中将衔,授文虎勋章,并拟调察哈尔司令员。

据该文记载,南元超的先祖,从浠水汪岗镇天子呑迁至巴河黄思垱。南元超先生的父亲,南方琴,号昆山。母亲王太夫人。

1919年,"五四"爱国运动爆发。在武昌学潮之下,袁世凯委任的湖北督军王占元害怕革命运动,对游行学生实施疯狂的镇压。而身为武汉卫戍司令的南元超将军,本来是穷人家的孩子,为人素来宽厚,袒护一腔热血的爱国学生。与此同时,南将军还受到革命人士李书城、李汉俊(中共一大代表)兄弟的积极影响,极力主张与游行学生展开对话,共同商讨救国的方式,并且自作主张释放了关押的进步学生。

王占元和南元超是天津武备学堂同学,但是两人历来不和。当

17 不该忘却的民国将军

时湖北部队有新旧两派，新派是以第2师师长兼长江上游总司令孙传芳为首，孙是王占元的山东同乡，受王重用。旧派则以35混成旅旅长兼武汉卫戍司令南元超为首。南与王志不同道不合。加上在北京主持驱王大会的孔庚，是南元超的浠水同乡同里人，还有为驱王奔走的蒋作宾、李书城等人与南元超关系密切。南在旅部又重用鄂人贺国光。这样，王占元和孙传芳怀恨在心，欲处之而后快。

1919年12月15日晚，王占元在南元超住所周围设下包围圈，以防事变。同时，在督军府设下鸿门宴，电请南元超赴宴。南竟毫无防备，慷慨赴约，结果饮下毒酒，酒后暴卒。事后，在寇英杰、贺国光等将领声援下，王占元才将南元超将军给予安葬。

自南将军遇害后，其妻儿老小不得安宁。日伪多次抄家，家人离散。新中国成立后，1957年建飞机场时，武汉市政府发出通告，让各家迁坟。南氏后人心存余悸，不敢露面，遂以无主坟茔而处理。谁能想到，当年为营救大批"五四"爱国学生而惨遭毒手的南元超将军，百年之后竟无埋骨之地？

令人欣慰的是，2010年将军后人苑雪教授一行回乡寻根问祖，受到了故乡南氏后人热情接待。为了缅怀爱国爱民的一代名人，在天子咎村东南面的圆虎山上，人们为南元超将军修建了衣冠冢，并树碑纪念，供后人追思和祭拜。

18　汉口"梅兰芳"南铁生

几年前,我对民间文化产生了浓厚的兴趣,因而收集了一批戏剧史料,包括昆剧、汉剧、京剧等剧种。从中我也了解很多趣闻,比如京剧的早期艺人不少出自湖北籍"北漂"艺人。清朝"四大徽班"进京,台柱子大多是湖北人,他们从汉调和徽调之中吸收营养,从而创立了"国粹"京剧。京剧名伶,有湖北江夏的谭鑫培及其"谭派",有湖北罗田的余三胜及其"余派"等等。至今,传统京剧的念白还保留着湖广音。

京城做官的湖北人,每逢端午、中秋聚会,往往选在虎坊桥的湖广会馆,那里还有一个大戏台可以观看演出。民国的两任总统黎元洪和众多辛亥元老是湖北人,他们爱听汉剧和京剧,也捧红了不少湖北籍艺人。

再说,这两年来,我观看了晋京演出的罗田黄梅戏剧团、麻城东腔戏剧团、英山县黄梅戏剧团等等。鄂东地方文化博大精深。我的家乡浠水也是戏剧之乡,新中国成立前就有汉剧团、楚剧团,还有唱哦呵腔的民歌表演。

前几年,翻看《京剧知识词典》(吴同宾、周亚勋主编,天津人民出版社),又碰到了一个浠水籍艺人"南铁生"的词条,全文抄录如下:

南铁生(1902—1992),京剧演员。工旦行。祖籍湖北浠水,

18 汉口"梅兰芳"南铁生

生于河北深州。本名南玉尧。曾供职于汉口平汉铁路局。父南辅庭为民国初年高级官员。南铁生自幼接受全面教育,且嗜京剧,常私自参加票房活动。后结识上海与汉口名票天罡侍者(陈刚叔)、程君谋、龙蝶仙、万奉一、吴伯清和名鼓师关咏斋(关肃霜之父),经常在汉口"息社"票房和"戊辰票社"演出旦行戏,乃有"汉口梅兰芳"之称。

后到北京,于1923年拜入王瑶卿门下,虚心学艺,得王氏授之《宇宙锋》《得意缘》《万里缘》《宝莲灯》《汾河湾》等多个剧目,又与名票章晓珊、四大名旦及姜妙香、俞振飞、叶盛兰、李洪春、言菊朋等交厚,常合作演出并一起切磋演艺。1938年正式下海,首演《玉堂春》于汉口大舞台戏院。常演多为王派剧目,兼收美派唱法,尤擅京白戏及做工戏,如《棋盘山》《马山缘》等。南铁生演戏富书卷气,扮相雍容端丽,能深入体会人物内心情感,然后形之于色,对于塑造人物有自己的见解。后因病息影。

这段资料中出现了一个熟悉的词汇"下海"。这可不是今天我们常说的意思,即辞掉公职去做生意。请看《京剧知识词典》解释"下海"一词的本义:

下海:京剧名词。旧日非职业性京剧演员、乐师及后台人员正式加入戏班演出成为职业演职员,叫作"票友下海"。下海前必须先行拜师,取得梨园公会的会籍。

我查阅了《浠水县志》和浠水内部编印资料《百年人物》,居然没有收录"南铁生"及其直系家族人物。于是,我抱着试试看的心态,转而请教在京工作的老乡南新中先生。巧的是,南铁生先生

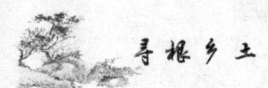
寻根乡土

后人还真与南新中兄有密切联系,他们是走得很近的浠水南姓支脉,世界其实很小呀。

后得到热心的南新中兄帮助,他辗转从南铁生后人那里,得到了南铁生先生之子南奇的著作《诗非梦——一代艺人南铁生》(台湾美劳教育出版有限公司,2005年7月出版),并扫描电子版赠我。

《诗非梦——一代艺人南铁生》是很一本专业谈戏剧人生的著作,我从中简要梳理了南铁生家族,也大体上了解了这一家族几代人的传奇故事。

南铁生的爷爷,姓名不详,浠水竹瓦人,年轻时候参加过太平天国起义,因作战勇敢,还担任过军队的小头目。洪秀全在南京登基之前,征召了一批南京城内的大家闺秀为绣女,赶制龙袍和大臣朝服。事后这批绣女就赏赐给有功的将士们为妻。太平天国被镇压后,这批将士卸甲归田,于是绣女们也跟着丈夫离开了南京。南铁生的祖母,就是流落浠水乡村的知书达礼的绣女之一。

南铁生的父亲,谱名南兴国(1870—1920),字辅庭,号芙汀。15岁成功投考了李鸿章筹办的"天津武备学堂",从此开始他的戎马生涯,改名南元超。辛亥革命后,南元超被任命为武汉三镇警备司令兼湖北独立旅旅长。1918年5月24日授陆军少将,1919年8月19日授陆军少将加中将衔。后被湖北督军王占元所谋害。

末了,引用《诗非梦——一代艺人南铁生》中的话来结束这篇史料性质的文字:

从世家子弟"沦"为吃开口饭的"戏子",在外人看来,或是气量不俗,或是浮生如梦,或是合当如此,铁生是也。

19　又回山乡

10月15日晚,我乘坐北京至黄州的火车,夕发朝至,回到了巴河,回到了生我养我的七里冲村。

一晃父亲走了好多年。71岁的母亲健在,有哥哥守着,还有三四十年的老屋将就住着。回到老家,还有老人在,有老屋在,过去的一切记忆仿佛如老电影,可以倒带重新放映一次、两次……

很多人问我,怎么不做个新屋?我说,前些年条件不允许,说白了就是穷。现在有条件了,没有可选的好地方来做。

人到中年,我们渐渐明白了做"大人"的种种不容易,还是愿意和老人尽可能多一些陪伴的时光。做不了王侯将相,就做个踏实的儿孙吧。老人接到身边,或者回到他们膝下,由着老人住,由着老人絮叨,由着老人任性地做一切想做的事儿吧……

可是,老屋的泥巴房子一旦拆了,过去的信息会全部丢失,如同一台电脑内存的"格式化"。看着村子里一家家两层、三层的小洋楼盖起来,我心里起初有点恐慌,有些惭愧,对不住父母。时间久了,我家的老屋倒成了"乡愁"的标志性符号,正所谓"物以稀为贵",反倒让我有点莫名的骄傲。

其实,就是老家的年轻人,也不大愿意长住在老地方。打工赚钱了,前些年有人到浠水县城买商品房,这两年又纷纷转向黄冈市黄州区买房子。据说,为了孩子上学,为了老人看病,城市总是比农村要来得方便一些吧。

我搞不明白，居然有人网上发帖子：老家一定要建一套房子。新农村建设，老家留下那么多无人住的空壳房子干什么呢？难道还怕大大小小的砖瓦厂、钢铁厂、水泥厂的污染环境少了吗？

我以为，没有农村户口也不会长住的人，回到老家建房就是社会资源的严重浪费。如今，农村空着不少房子，常年无人居住，如同土地庙和家族祠堂一样，就是一件摆设而已，难道要满足"我在场"的需求？

母亲老了，行走时腰身佝偻着。我低头问，能不能借助拐杖直起腰来走？她说，腰痛，直起来不舒服。不要说几十年劳动妇女的母亲，就是我这中年人，也常常感到腰间的僵硬，骨头老化是岁月的存档。

即便是这样，她抢着舞饭我们吃，还要剥棉花、打黄豆等等。我说，农业也不来钱，不要再紧着忙乎了，稍稍种点够吃的青菜就够了。这一两年，她终于向年龄低头了，服输地说：现在也种不得了，实在搞不动了，浑身没有气力呀，想当年……

老屋门前的毛竹，还是一年一显新，密密地往天上生长，地下看不见的纵横交错的竹根保护着门前的坡岸。枣树越来越粗大，乡村调皮的小孩子少多了，倒便宜了阵阵飞来的鸟雀，它们肆无忌惮地啄食每年结出的枣子。桂花树刚刚开过，一树树的黄桂花红桂花，已经是香消玉殒，在秋风中摇落一地。屋后的一片葱绿的橘林，正是黄的绿的橘子挂满枝头，我摘几个吃吃，皮薄汁多，真甜呀……

此前，从手机微信中看到，哥哥发来花椒树的图片，报告他今年新种下的小小的花椒树苗。我真服气了，这个自幼失聪，不能语言直接交流的兄长，居然看懂了我散文中反反复复书写的《门前

19 又回山乡

的花椒树》。他是怕我伤心,还是怕门前那道风景的缺失?时过境迁,这一棵新的花椒树,是哥哥给它定义的,那又是另外的一个故事……

家里的红苕成堆,硕大的几个冬瓜愣头愣脑地依靠着墙根,黄豆晒在一个个簸栲里,棉花鼓鼓地装在编织袋中,等等。眼前所及,全是农家熟悉的场景,是热气腾腾的生产和生活呀。

连家中角落存放的尿桶子散发的气息,大门后鸡窠里鸡粪的味道,还有连日阴雨的家里弥漫的潮气等等,要是换个外人,这些全是并不愉快的嗅觉刺激,竟然带给我这温馨的老家体验!

我是从外面回来的"公家人",是地地道道的农村闲人。母亲哪里舍得安排我干活?哥哥忙着到菜园摘回来最好的青菜,扯回来大把剁包面馅用的香葱。家里前不久接上了白莲河的自来水,挑水的活儿也省了,扭开龙头就是哗啦啦的流水声……

门前坐下,熟悉的石桌前放一杯茶,翻翻书,看看到处悠闲觅食的家禽,仿佛和父亲一起读书看报的往日生活,又浮现在眼前。母亲现在常常会批评我,还看么事书?都成了书呆子?读了二十多年的书,还读?书就果好看?么硬是看不完呢?莫把眼睛看眯了缝……

好在我一直没有戴上眼镜,低度的近视并不碍事,就干脆不装什么斯文了。很多人奇怪,我到底还是不是读书人,没有戴上酒瓶底那么厚厚的一圈圈的镜片,还是什么博士?

坐久了不好。母亲劝我,到大队去转一下,那里有打牌的,人也多,热闹一些。我说,好好好。其实,我打不了牌,最初上班收入低也没有闲钱,现在是有点小钱却没有闲工夫,更不愿意在吵吵嚷嚷的环境中混时间,干脆远离牌局了。

我信步走到大队部附近。那是乡亲们开辟的新定居点,还有几家商店,也同时兼做了乡村棋牌室。

人很多,大多是留守的妇女和老人,他们聚在一起打打牌,打发时光,也不是坏事。我就简单转一下,遇到了熟人扯上几句,终归是没有多大意思,不好久留。来回走一下,还是回到自己老屋坐下来好,踏踏实实地翻翻书吧。

因为回老家时间少,县城的老朋友闻讯开车来接我,又打发了一些时间。三天时间,真正陪母亲的时间就是一半时间。

每次回家,我总是显得那么匆忙,于是总有一些牵挂和遗憾。这就是游子的生存状态,多少有些无奈吧,没有办法,这就是真实的人生。

20　儿时玩野火

冬季周日，北京郊外，我家门前的冰河上，孩子们在上面溜冰和追逐，好不热闹。

不过，我的儿时在鄂东乡村度过，那里的河流也会结冰，但是不可能厚到可以亼（念集）人的程度，我们的乐趣是什么呢？山上打仗、河里摸鱼、屋前屋后躲猫迷等等。

这里，我讲一下乡村调皮蛋们玩野火的故事吧。

秋冬之际，上小学时候，有顽皮的孩子，往往是不大爱学习的，自然玩心重，可以带上自制的"小火盆"到学校，也有点显摆的意思。这小火盆是怎么做的呢？一个破旧的或者废弃的搪瓷碗，四周用钉子打几个眼，再穿上铁丝做成提襻（提手）。

早上出门的时候，从家中土灶里拨出几个红红的燃烧的木炭，再装几个闭好熄好的黑色木炭围着。像泥巴做的老人们取暖用的烘炉一样，走一路可以烘烘手儿，也可以在空中甩成圆形的轨迹，还可以当个玩具玩。

当然，遇上严厉的老师是不许带进教室的，那就只好藏在教室外面的哪个角落吧，放学之后再带回家。孩子们要是不大注意，皴裂的小手上就有摸过小火盆的炭黑，那会弄脏课本或者作业本，又会挨一顿批评。

小孩天生爱玩火，而大人最怕失火。秋冬时节，天干物燥，一旦起火了，那会火烧连营，引发可怕的火灾。那时点火的材料主要

是偷用家中的火柴,或者父母吃烟用的打火机。现在气体打火机很方便,也便宜,一两块钱一个。可那时的打火机是汽油的,要用棉花搓成灯芯一样,大概是汽油浇在棉花上。打火石反复擦出火星,从而引燃打火机上的棉芯。

孩子们在路边或是山上放野火,是大人们很头疼的事情。我所在的大队是县级绿化先进单位,每年都能享受一些政策扶持和资金补贴。辖区范围内,山上到处栽种的是枞树(松树),北风吹过,摇落一地朱红的枞毛丝(松针)和张牙舞爪般开裂的枞球,树上到处有松节油流淌过的痕迹。你想,这样的环境下,哪个不听话的孩子划着一根火柴,那势必就是一场大火。

大队设了好几个林场,设有护林员看管。但是,每隔一两年,总会有失火的情况。白天还好说,看到山上冒烟了,组织附近的社员扑火就可以。最怕晚上,大火烧起来,众人打着手电筒,跌跌撞撞,救火难度大。

有一年腊月,不知道哪家的孩子使坏,居然点着了我们塆一个稻场上的草码(草垛),而且还引燃了周围的草码。那真叫干柴遇见烈火,大火腾地烧起来,风助火势,一时烈焰冲天,好不吓人。

好在稻场边上就是大鱼塘,乡亲们赶紧端出脸盆、水桶、葫芦瓢,挑水的、浇水的、打火的,迅速集结,好不忙碌。火灭了,那几户草码的人家着急了:哪个发伢瘟的,果害人啦!牛过冬没吃的草了,缠柴火的稻草没了……

儿时,还看过一部露天电影《闪闪的红星》,潘冬子的一把大火烧死了地主,也复了仇,后来参加革命。但是,这情节对观看的孩子们可能产生很坏的示范作用,就是火可以复仇。

20　儿时玩野火

　　参加工作之后,我听说单位一个莽撞的年轻人,因为恋爱不成,过极反应之下,点一把火烧了女方的房屋,也烧死了女方的家人,最后被判处极刑。有道是"天涯何处无芳草"。年轻人一时想不开,毁灭了自己,也危害了社会,这真叫"冲动是魔鬼"呀!

　　现在,有了电视动画片,有了电脑游戏,有了手机微信,乡村那些玩野火的孩子恐怕找不到了吧。一个时代,有一个时代的人和事。时代的烙印伴着我们每个人的成长史、发展史,如影随形。而更多的人和事情,就汇成了一个时代的洪流,一个时代的画卷。

21　美食出故乡

前几天,听京城某大报工作的师兄说,他夫人爱看我的乡愁书,特别是写美食的那一部分。我顿时好生奇怪了,一个东北美女,还能看懂南方的美食?比如,她懂得做鱼圆子要搅得手膀子发酸吗?她懂得办喜事要过油粑吗?她懂得鄂东人腊月要用石碓舂糍粑吗……

再讲个小故事。我住在京郊房山,社区有一家蔬菜水果店,店主人是湖北荆州人。最近有了红菜薹卖。一看菜很新鲜:下面掐断处是白色,菜薹通体紫红色,绿叶尖尖像兔子耳朵,顶上的黄花还正鲜艳。特别要说的是,菜薹的主干粗大,肯定是正宗的南方红菜薹。5块钱一斤,我就买了两小捆。结账的时候,一个女顾客好奇地看了看菜薹,问店主人这叫什么菜?怎么做着吃?会不会老……

每到冬天,北方天寒地冻,滴水成冰。蔬菜生长缓慢,价格一天一个样儿,且大多呈上涨趋势。然而,红菜薹的价格却在下降,因为越是寒冷,红菜薹长势越猛,越是口感好。据说,明清两朝洪山菜薹作为贡品送进京城,老百姓是没口福的。现在正宗的洪山菜薹,价格也不菲。不过,湖北的乡村到处可以引种,品质可能会差一些。

吃红菜薹主要是清炒,用花椒、辣椒爆锅,如果能加入几片薄薄的腊肉,熬出点猪油,那炒出来的菜薹就油光可鉴,香气扑鼻。

21　美食出故乡

炒红菜薹主要是大火翻炒，不要盖上锅盖。一旦锅盖焖过之后，菜品就会发乌、发黑，入口也少了鲜脆的劲儿，端上餐桌也没有看相。当然，家里有牙口不好的老人，你就将就多炒一会吧。

如果再讲究一点，红菜薹尽量不要用菜刀来切，洗干净之后，用手来掐成一截截的就好了。须知，过了刀的蔬菜或水果，那口感要降低不少。是不是刀锋过后留下的金属离子，"污染"了菜品或者果品的微结构呢？

说到这里，你不会怀疑我是个伙夫吧，也是个标准的吃货。

走南闯北，我和很多游子一样顽固地坚持：天下美食还是出自故乡。惟有故乡的食材，才能与舌尖味蕾中悄悄保存的档案"配对"成功。

除了新鲜的食材，还有腌菜也值得一说。出差住过很多地方，就餐能够吃到一盘腌制的洋姜（也叫鬼子姜），大概只有武汉的宾馆、浠水的宾馆吧。所以，在很多浠水人眼里，腌生姜芋（洋姜）是馋得流口水的故乡味道。

我儿时结伴偷过邻居家菜园里成片的生姜芋。拔掉高高的像向日葵一样的青禾，根部就结着一堆像生姜一样的块茎。我开始以为像红苕（红薯）、花生一样可以生吃。结果，并不好吃，淡而无味，水分足且生脆。后来知道这东西只适合腌着吃。

母亲过去做过不少腌菜，但是好吃的印象并不深刻。反正家里坛坛罐罐不少，坛口四周是圆形的水槽，用泥巴碗倒扣着，加上水就起到密封作用，隔绝坛子外面的空气。不过，夏天要勤换坛口的清水，否则容易招苍蝇来爬，搞不好还会生蛆呢。

不过，我至今仍记得同学家的腌菜好吃。大概是腌的雪里蕻或者芥菜吧，同时加入不少绿色的蒜叶一起腌。吃的时候，蒜的香味

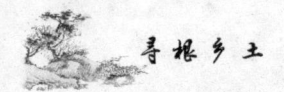

和菜的酸味很诱人，会多吃一两碗饭吧。我们当年的中学时代，没少用罐头瓶带腌菜去学校。如果家里咸菜供应不上，就买杂货店里的腌榨菜皮、腌萝卜条、豆腐乳、蚕豆酱等等。很多同龄人长不高，就怪当年读书时候腌菜吃多了，没有营养……

  这两三年，我不改伙夫本色，每年秋冬之际，也会腌一些咸菜。比如，腌榨菜、腌洋姜等等。网上百度一下，腌咸菜主要是用白酒、冰糖、剁椒、盐等材料。当然，做泡菜如果有老坛的泡菜水更好，没有的话就烧开纯净水，加入盐、花椒等，凉透了就可以加入要泡的食材了。还可以买现成的湖南剁椒、野山椒等，整瓶倒入，再拌和均匀。

  误打误撞，我这两年动手腌的榨菜和洋姜，有成功的，也有失败的。最难的是盐和酒的用量不好控制，完全凭着经验。如果加多了，或是太咸，或是酒味大。加少了呢，腌的东西容易坏，生化反应不充分，口感肯定不行……

  俗话说：民以食为天。工作再忙，也要懂得吃，懂得喝，懂得食材，才能拥有健康和快乐，否则还谈什么生活品质呢？何况，会生活和会工作，从来不是一对矛盾呀！

22 审美与想象

上班的地铁上,早高峰拥挤的人潮之中,无意之间看到那一张脸,猜想一定很好看。于是,你会努力地盯着她的那个方向,期盼一睹风采。可是,偏偏她就那么低着头,始终低着,不让你看全呢。或许她在看手机,或许低头想心思。

毕竟,隔着一段距离,我就不得而知了。嗯,自始至终,半个脸蛋露出来,留有那么一点悬念,很美丽的一点念想。过了两三站,我只好目送她下车,消逝在茫茫人海之中,再也寻不到了,如一尾鱼从这个闸口游到了大海之中……

我怅然若失。想来世界上最好的风景,不是看过、去过、吃过、喝过、爱过、恨过,然后一切很快过了,接着就忘得一干二净。事实上,那些看不到、去不了、吃不了、喝不了、爱不了、恨不了的风景,可能永远铭记在心,一辈子耿耿于怀呢。

猛然想起来了,古代哲人老子在《道德经》开篇就说过:"道可道,非常道;名可名,非常名。无,名天地之始;有,名万物之母。故常无,欲以观其妙;常有,欲以观其徼。此两者,同出而异名,同谓之玄。玄之又玄,众妙之门。"

对了,世界上的好风景,恰恰在于虚无之中,在妙不可言、妙不可见、妙不可遇之中,需要从"玄妙"之中去体会,花点时间、花点心思去感受。一旦你变成了幸福的"消费者",反倒没有多少快感和美感而言。

　　这正如青春年少时莫可名状的单相思，或各奔东西的一段青涩的初恋。多少年过去了，她（他）还是心头未曾解开的"包袱"，留着那么一点念想，一点牵挂，一点口水馋，其实那才属于更高级的美学层次的记忆呢！

　　我们的口头禅常会说：你想得美！因为有距离，才有想象。零距离了，谁还枉费心机去多想呢？人类无限的想象力，是审美的补全之力、完善之力。正如视觉有暂留现象，视觉还有补全图像的本能，正如观看电影的放映，我们感觉到画面是连贯的，动作是连贯了，而不是无数静态镜头……

　　世界上哪有完美一说？只有靠想象去完善，靠宽容心态去释怀。而这想象的空间，更多地交给了充满活力的年轻人，更多地分给了专业的文学艺术创作者，成就了人类在审美领域追求的无限可能性……

23　静夜思

曾经，我无数次发誓，离开那个鄂东的穷山旮旯！

曾经，我无数次挥手，作别那个鄂东的巴河古镇！

而今，我成了寄身京城的游子，每天循着蜘蛛网状的地铁线路图，拥挤成匆匆上下班的乘客甲乙。

夜深人静之时，我读书，我写作，努力寻找精神上的力量，精神上的慰藉。偶尔，我也会扪心自问：这就是我当年拼命想要奋斗的生活吗？

人生如同一个谜团。我们哪能未卜先知呢？只要我们追求过，努力过，无愧于我们的时代，无愧于自己的生命，那就足够了。

因为，我们还没有到盘点人生的年龄，还没有到说骄傲或者谈后悔的年龄。所谓"是非成败转头空"，奋斗依然是我们的主旋律！

人到中年，文学如梦中的老情人，又一次霸道地闯入我的现实生活，让我惊讶于邂逅的温馨和快乐。于是，在地铁上，在沙发上，在书斋里，无数的文字从心里流淌出来，汇成了一条溪流……

那一方天空中的云彩，那一片土地上的庄稼，那一处乡村的老熟人，那一地的民风民俗和名人，竟然可以变成如今的美好回忆，竟然可以编织成记录故乡的串串字符，成为出版发行的《留住乡愁》《回望故乡》《寻根乡土》等系列散文集。

审美是需要距离的，所谓距离产生美。在我们离开故乡若干

年之后,那种叫乡愁的情绪会在身体里分泌并累积,如同农家柴火土灶的烟火,一天天熏黑了老房子四周的泥墙,熏成了那斑驳的岁月……

曾经,我苦苦挣扎着在异乡求生存、求发展,来不及考虑自己和故乡的关系,甚至也来不及顾及父母的种种心理感受。

匆匆之间,父母如日西斜,渐渐衰老了,需要我们多一些照顾;而我们也不再青春年少,意气风发,肩头的担子无形之中变重了,如老牛套上了轭头,只有低下头,任生活的鞭子抽打……

人到中年,我们迎着风,迎着雨,继续努力吧!

24 病来如山倒

这个冬天,北京刚刚经历过一次流感病毒的疯狂季,很多老弱病残无奈地走进了医院。我正暗自庆幸身强力壮,几天前还躲入麦当劳吃了一次简易午餐,津津有味地喝了一回带冰块的可乐!

不料,上周四五我"中招"了,成功被流感击倒了!到底失误在哪里?我自己也没有完全想明白。接着,一切相关的症状全来了:鼻涕流淌、咳嗽连连、全身发烧、咽喉肿痛……

我负隅顽抗了两天,还是没有任何挽救的余地。生病了,本来每天早上6点听着闹钟起床,一下变成了精神上的负担。身体的病态,不容我马上利索地翻身起床。那就多睡一会儿吧。这个时候,才埋怨上班路程太远了,盼着周六周日快快到来。

7点多出门,走在寒风刺骨的马路上,双腿没有力气,身体像是一座大山,慢慢地朝前挪动,如老龟爬行。上地铁站的楼梯,抬腿都是一件费力的事情。于是,改走电梯上下了。挤上地铁,也没有心情看什么风景。闭目养神吧,对病人来说是最好的休息方式。出门前,口袋里多塞了几张餐巾纸,防备着万一咳嗽了,飞沫不要祸及身边的乘客。

到了单位,一屁股坐下来。平时文思泉涌,这时就完全麻木了,如铁器锈蚀了。手边新泡的一杯绿茶,也没有提神醒脑作用了。冷不丁的几个喷嚏,让全身的寒气骤然释放出来,着实让人短

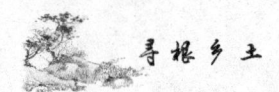

暂享受到了浑身上下的通透感和爽快感……

电脑上总有看不完的红头文件：谁升职了，谁又免职了，发布新制度了，又成立新机构了等等。只要和我没有直接关系的，也无心看热闹了，简单扫一扫公文标题，还真懒得点开正文细看，签署"已阅"完事。

挨到中午时分，西边的太阳照进办公室来，暖暖地包裹着我，一直到下午三四点钟才散去。人病了，工作不在状态，瞌睡虫也多了起来。只要不是太忙的时候，人就容易犯困，整天游走在半梦半醒之间。

单位的领导通情达理，病了就休息一天半天吧。而我从来是面子重，个性也多少有些逞强，哪能说小病就顺势躺倒呢？虽然带病工作效率低一些，但是总得磨磨蹭蹭做点大小事情，否则对不住单位的工资呀。

因为生病了，可能还是传染性的感冒，坏事也还有好的一面。这不，好几波酒局饭局之类，不管是何方大神大仙，我坦白告知"病情"，就轻松推脱了。不信？电话中变了腔调的声音，你听一听就知道了，不会连这点同情心也没有吧？

唯独一桩，提前一周答应下来的老友相聚，实在推不掉，我硬着头皮参加了。找个犄角旮旯坐下，当众"表演"吃下感冒药，然后推杯换盏也就得以"豁免"了，以茶代酒了。

因为生病了，精神状态不好了，业余的读书写作就大受影响了。回到家中，倚靠在沙发上、床头上，什么好书都看不了两三页就放下了。对着笔记本电脑，想写点什么，刚开了个头，就觉得无话可说，加上浑身的不舒服，索性就起身离开了，保命要紧……

24 病来如山倒

病来如山倒，病去如抽丝。从目前的症状看，我现在处于"抽丝"状态，好多的事情还是将就着应付着。希望病后的我，迎来新的生龙活虎的状态，迎接春节的酒肉"大考"……

25 关注抑郁病人

刚看了《寒门博士之死》一文，源自《中国青年报》的"冰点周刊"。元旦前夕，29岁的西安交通大学在读博士生杨宝德因精神抑郁而溺亡，可能也有导师方面的原因吧。此前，我在浠水老乡群里看过这个不幸的消息，因为小杨是浠水老乡，真令人痛心不已。

碰巧，前不久有个老朋友来电话，说他的一个亲戚在北京读博士，压力很大，情绪有些不对劲，要我帮着劝一劝。于是，我们很快联系上，通话半个多小时，以"过来人"身份做了一番思想工作。听他倾诉得知，博导逼着他总有干不完的项目，连周六周日都得搭上，连洗衣服、多睡一会的时间都没有，还老是挨批评……

天啦，越来越多的人患上了抑郁症，甚至死于抑郁症。在众人眼里，表面看来算是成功人士的博士硕士群体，其实不少人的心理疾病很严重，抑郁症就是其中的顽疾之一。

我曾与一位熟悉的女医生交流，她现身说法，谈了自己对抑郁症的一些看法，值得与大家分享：

"不知道患者自己怎么看待的，如果严重抑郁了，就应该尽早求医。我之前遭遇到打击性的矛盾的时候，感觉很难受，真叫痛不欲生。我主动吃过半年抗抑郁药后，感觉借助药物治疗好多了，心

25 关注抑郁病人

境恢复得也迅速。"

"因为情绪应激会导致脑内物质生成不平衡，坏情绪物质会增多。如果自己没有足够能力排解，借助药物抑制这些物质生成，康复起来要快很多。"

"中国人对这方面的认识严重不足。感冒了，会觉得是病了，知道要休息要吃药。但是，心病了，却不自知，其实这个比感冒严重多了。抑郁症有其病理的物质基础，但是影响的是患者心境。"

在这个网络社群日益区隔化的今天，孤独者愈加孤独。轻度抑郁者不过是一种个人情绪的反常反映，重度抑郁就会产生社会越轨行为：对自己的生命放弃，或者危害他人、社会。

今天，希望更多的人关注抑郁症，多关心身边精神上有重负的"病人"，帮助他们走出抑郁症的阴影，让生命绽放出更美丽的花朵。

26　淘书和读书

北京是个好地方，特别是对以文化为乐趣的知识分子，以及以文化为生存手段的读书人而言。

前些年，有人许愿我到新疆工作，年薪可增加不少，职务可能也会上调。这对我不能不说没有一点诱惑力，因为还有上百万的房贷压着我。但是，最终放弃了。因为父母年迈，我对权力的欲望也不大，对文化的追求更强烈一些。圣人孟子说得好：鱼和熊掌不可兼得。那就是舍弃权力和金钱吧，按照自己的方式来生活。

说到文化，离不开书籍。文化首先是传承，其次是创新。我从小喜欢文史哲，这倒让我干劲十足，可以读的书太多了。学生时代要围着升学转，没有办法拓展开来。即使读到硕士博士，也还是要围着专业期刊发论文和撰写毕业论文，自由阅读的空间也很有限。

真正的读书，最好是工作之后来实现。业余时间，人家吃喝玩乐，你尽可能少参与，少一些凑热闹心态，静下心来读几本书。或者，牺牲一些看电视和睡觉的时间，挤出时间来阅读。只要坚持，总是会有收获的，正所谓"滴水穿石"呀。

我刚上班那些年在湖北宜昌，小城很美丽，女孩也好看，但是能够买到的书有限了。一家国营的铁路坝新华书店，上下两层，能有什么像样的书呢？为了考研，我只好托在北京、南京、杭州等地的朋友帮忙。

26 淘书和读书

于是，书从外地一本本邮寄过来了。上班总是穷忙瞎忙，偶尔能翻翻书就不错了。政治学习之外的读书属于干私活，何况还有劳动纪律约束。那你就早起晚睡，用好周六周日时间读书。我还记得当年在单身小二楼宿舍上，每天早上在楼道里读英语、背政治，晚上在新书上圈圈点点，一套个人读书的符号体系和批注方法也形成了。

后来，我硕士毕业到武汉一所大学任教，买书和读书的天地就开阔了。中南路的外文书店，武汉大学、华中科技大学等周边的书店，我流连过很多时日。那几年，我正好对媒介经济有兴趣，从经济学到媒体经营管理方面的书都买回来。任职的学校正好开了两门课《媒介管理学》《媒介经济学》，我就主动承担了，算是学以致用。

当然，要说买书读书，还得数首都北京是最棒的。新闻传播学的书，几乎可以不出中国传媒大学，校园内几家书店和书摊常年有好书卖，我最窘迫的时候也买了一大堆好书。当然，你要真是想多读新闻书籍，跑到中国人民大学出版社的门市部找一下，也很有必要。这两所高校的新闻书籍很有代表性。

不过，北京大型的图书卖场太多了：西单图书大厦、王府井书店、亚运村图书大厦、中关村图书大厦、中国书店等等。每个书店情况不一样，有所偏好，你就当作看热闹，逛一逛吧。

后来，图书营销的格局大变，网上书店异军突起。从最早的亚马逊、蔚蓝网，到现在的当当网、北新网、京东网、淘宝网等卖家，异常火爆。你想要什么书，网上一搜，下单付款，打个折扣还包邮，最快一两天之内送到单位或者家里，还为你节省了折腾时间。随后，我又结缘了孔夫子旧书网，买了一批过去想买又缺货的好书。比如，我的导师赵建莉主编的两本诗歌，就是旧书网上获取的，也寄托了我对导师的思念。

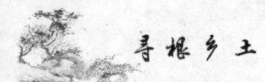

每年四五月,春暖花开,从早期的地坛公园书市,发展到今天的朝阳公园书市,众人如同赶集一样,只要有耐心,总可以淘到一些好书。人民出版社、人民文学出版社、三联书店、中国书店等摊位前,人潮涌动。2017年,我就淘到了繁体竖排版的四卷本《闻一多全集》,兴奋不已。

这几年,我又喜欢上了北京的几家十元书店。你不要以为便宜没好货,或者是盗版书,主要来源是出版社积压货物清仓甩卖,全是正版,不看定价,每本10元。不过,最近他们玩了点花样,中华书局的书一律15元,即便是这样,也够便宜了。我每次总是先挑选一大堆,最后一一排除,至少淘汰一半以上。不是特别有价值的坚决不买,否则家里堆放不下,自己也读不完。近日,我从中收获了清朝魏源的文集、文史大家邓云乡先生的几本文集,还有唐宋八大家的成套散文集等等。

总之,淘书的经历,如同找寻心上人;读书的过程,如同心仪的男女腻在一起的恋爱;写书,那就是十月怀胎,小心翼翼地孕育爱情的结晶……

估计这样的说法,也只有真正以读书为乐的人能接受吧。人生纵然有很多乐趣,而像我这样淘书、读书、写书的人,多少需要一些痴气和呆气,否则难以坚持下来吧。正如"呆子"猪八戒,在西天取经路上,总忘不了美女和美食,这才是正常人心态吧。

27　隔屏对话录

今天早晨 6:30，我已在地铁上，你还在床上。伴着一个你发来的早间问候，我们趁着热乎劲，隔着手机屏，掏心掏肺地对话，扯着一些散淡的话题。

你说，看了我的乡愁文字，读了那些事、那些人，像是从故乡的大山上流淌下来的一股股溪流，像是从心底挖出的尘封已久的一块块矿石，一句句写得如此真切，仿佛昨日重现。

我说，谢谢你的赞美，我只是在努力尝试着"我手写我心"。蓦然回首，在匆匆赶路之间，我们不觉已是人到中年，父母垂垂老矣，长辈如叶凋零，梦中我们又多少次回到儿时熟悉的故乡。可是，我们走得太远了，离开得太久了，再也回不去了。每次回到老屋，我像走进了一部老电影，走进了乡村博物馆。那些新媳妇和满地乱跑的孩子们，怯生生地打量我这外来的客人……

你说，一次次读着那些思乡的文字，你流过不少眼泪，情难自禁。在你心中，我算是距离最近的作家，同乡、同龄、同是读书考学离开的游子。那些不起眼的过去，我却能用最简单、最土俗的文字真实地还原出来。你说你恐怕做不到，从学生时代就怕语文、怕作文，怕笔下词不达意……

我说，我身上的虚名不少了，光一个学者的名头都不够格去当，还需要再混个作家的帽子来遮羞么？大家说好也罢，流水账也罢，我就这么厚着脸皮书写，厚着脸皮出版，厚着脸皮接受各种评

点吧,毕竟乡愁是当下一个挺热门的话题……

你说,你们塆在山顶上,只有七八户人家,塆门口是个大水塘,塆中间有一座小庙。你站在家门口,看到的都是远处的山顶。你也住过我写的那种老泥巴房子,很亲切,很怀念。

我说,我老屋人多,进塆是一口大鱼塘,塆背后还有一口小水塘。三四十户人家的一个塆,依山傍水,恰在两座山丘包围的山坳中,如一双大手守护着风水。听老人们说,塆的后山是一条卧牛精,细看真像大水牛,据说也很灵验的。自从牛头的位置被挖了,风水就坏了。老辈人在塆后栽下成排的老枫树,先后被砍光了,财气就外泄了,只好外出打工赚钱。

而离我们塆最近的庙,一个是可以仰望的云雾缭绕的神山顶上的庙,一个是骑龙顶下绿色丛林中的龙兴庵。后者是我们大队的,是当地人正月初一争抢"头香"祈福的地方,也是老百姓高度认可的"造币厂",至今都用传统的雕版来印刷成堆的红色"往生钱"……

你说,嗯,我没牌子(架子),几实在,是个好人。

我说,我也干过不少坏事,偷过人家的西瓜、黄瓜、橘子,还骂过打了我的小学老师等等。我算是鄂东原生态的"山货",可以摆在地摊上"卖",不需要"贴牌"来抬高自己。我就这样坦坦荡荡地过日子,做个简单的人,喜怒哀乐正常的人……

你发来个笑脸,说该起床上班了。深圳地铁太挤,只好开车上班,走走停停,也要个把小时吧。

我也回个笑脸,说我正无奈地挤在北京早高峰的地铁中间,在地下呼啸而过。看看手机,想想心思,迎接一个新的工作日……

28　读书看报成习惯

小时候，我记得在故乡的稻场上看过一个露天电影，片名应该叫《爱情与遗产》，讲述一位革命前辈的家庭故事，他死后留下的遗产竟是身上的几块弹片，而不是巨款，所以冲着利益而来的准儿媳离开了……

那时我在上小学吧，看了电影以后，我才知道了一个新词语"遗产"，也懂得了它的含义和死亡有关，万万不能乱说乱用。还在我不懂事的时候，经历过爹（爷爷）和婆（奶奶）的过世，因为父亲是唯一存活下来的子女，所以没有分家、分遗产的矛盾。何况，贫寒之家也没有遗产可言。

现在，一晃父亲过世了13年，我该好好想一下，他给我们留下了什么遗产呢？父亲固然留下了一些物质财富，但是他留下的精神财富，更值得我们子女去继承。于是，我在回忆之中写出文字，纪念我的父亲，也纪念我的那些成长岁月……

父亲常说，"穷莫丢猪，富莫丢书。""万般皆下品，唯有读书高。""读的书多胜大丘，不耕不种自然收。白天不怕人来借，夜晚不怕盗贼偷。"……

浠水是传统文化教育之乡，自古人才辈出，所以到处流传着名人的故事：北宋浠水名医庞安时和苏东坡之间交游唱和，明朝阁老（宰相）姚明恭和兵部尚书熊文灿挽狂澜于既倒的传说，清朝浠水籍状元陈沆殿试的传奇，现代诗人闻一多先生拍案而起的

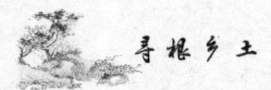

英雄壮举……

父亲善于就地取材,运用当地丰富的名人素材、熟知的老话(俗语、谚语、歇后语等)、《增广贤文》等来教育我们。他当过几年民办教师,所以我的启蒙教育就是在家庭完成的,相当于现在的孩子提前上了辅导班,所以我的学习能力从小就得到了培养。

那时,乡村公费订阅的中央、省、地市的三级党报党刊,众人大多争抢着传阅一份《参考消息》,了解国内外一些热点话题作为谈资。而父亲只顾挑选一些文化教育、文艺副刊类的文章,作为我的课外读物,耐心地指导我阅读和拓展思维。他还先后带回来《王老师谈作文》《浠水县志》《诗经译注》等书籍,尽可能给我讲解一些内容,进一步开阔我的视野。

想一想,人生有时候很无趣,幸亏还能读读书、看看报。在鄂东的乡村生活之中,读书看报是十分难得的一份高雅的享受,可以让思想逃出大别山和长江的包围圈,还可以收获绿色田野之外的精神食粮。

读书看报的习惯,如同饮茶,很早就成了我生活中不可或缺的一部分。在年少失恋之后,我可以品读唐诗宋词来自我疗伤。在单位默默无闻之时,我可以坚持学英语学专业来提升自己。在人生大起大落之时,我可以翻开《道德经》《六祖坛经》来化解眼前的迷茫……

父亲重视子女的内涵式成长,重品行和重能力。尤其是在教育上的投入,他舍得用钱,从来不用多考虑。按说,大学毕业了,农村孩子就该回报家庭。而我工作8年后,辞职脱产去读研。父亲知道了,完全赞同,还笑呵呵地给予经济上的支持。

父亲爱援引古话说:近重人才远重衣。还有一句俗语:驴子

屎,外面光。他说,人呀,还是要"肚子里有货""有墨水",有文化有能力,才好安身立命。仅仅靠一时的穿着打扮来抬高自己,能起到多大作用?搞不好,还会招人耻笑呢!

  从1992年起,我陆续有文学作品公开发表。于是,每次有样报样刊,我总要邮寄一份给老家的父亲。父亲爱读我写的家书,说钢笔字越写越流畅,语言明白晓畅,如在眼前"答嘴"一样。后来,他无数次读到我发表的"豆腐块",他念给家人听,带给朋友看,背后多次表扬我,甚至有些文章的段落竟能脱口而出……

  常言道:有心栽花花不开,无心插柳柳成荫。中学阶段,父亲多次劝我学门过硬的技术,不管什么朝代都"吃得开"。他怎么也想不到,从小潜移默化的报刊阅读,却引入我走上了新闻学术之路……

29　读书如临帖

这些日子，除了业余赶着散文集《回望故乡》出版前的校稿工作，我就想集中早晚的时间读点好书，进一步提升自己的语言表达能力，也开阔眼界。

从8月开始，我坚持每天读一回《金瓶梅》。在很多人眼里，这是"黄色书籍"，有毒有害的作品。不过，对我这样"三观"已定型的人而言，要么不读，要么读了也害不了。

你看，我读《金瓶梅》是带着很强的目的性，不是想学习主角西门庆欺男霸女和床上快活功夫，而是想努力学习作者"兰陵笑笑生"如何组织故事和口语化的表达，特别是方言字词的准确使用。

何况人民文学出版社版本是"洁本"，绝不是容易使我学坏的"足本"呢！书中多处出现"以下删除多少字"的说明。话说回来，任何优秀的文学作品，总是千方百计从千姿百态的现实生活中汲取丰富的营养。

比如，昨天晚上，我读到《金瓶梅》某一回，读到了来旺的媳妇宋惠莲用"古子"炖猪头。手头的人民文学版本，书下有注释，古子，就是一种器皿，也做"蓝子"。

网上查阅《说文解字》，蓝，器也。从缶皿。古声。我茅塞顿开！原来我在《留住乡愁》一书中，写到过去高中老同学用"铝鼓子"炖煮捞（偷）来的鸡鸭，应该是"铝蓝子"。这个字就写错了，只好等下次修订吧。

再说,昨天中午我从手机上得知,西城区白塔寺附近的十元书店,又到了一批新货:辽宁人民出版社的《中华谚语大辞典》《唐宋八大家散文集》,四川人民出版社的《大迁徙——"湖广填四川"历史解读》等好书。

为了写好黄冈文化的散文,我必须了解"湖广填四川"的麻城孝感乡移民情况。为了写好苏东坡在黄州期间的生活,我必须了解"三苏"(苏洵、苏轼、苏辙)对黄州的记载文本。为了多吸收民间鲜活的语言和词汇,全国各地的谚语、俗语、方言、熟语等语料,我得多看看、多记记……

最近,我听说书法家李建购买了大量的古代碑帖,他很在乎几十年来的反复临帖,不断从中获得新的创作灵感。据说仅王羲之的《兰亭集序》他临帖不下上千次。此事对我触动很大,很有借鉴意义。

我想写散文也可以采用"临帖"的笨功夫。一方面向当代散文名家学习,另一方面向古代散文大家学习。在熟读深思的基础上再改进文风,不断创新自己的表现手法和更新表达的词汇,让个人的散文写作进入新的更高的境界。

一时专一事。这些年来,我喜欢这样地集中零碎的时间,做点专业或非专业的学习和研究。其实,哪有那么明显的专业分野。世界上的很多事情,只要你下了真功夫,并且持之以恒,从外行到内行是完全可能的,甚至你会成为某一领域的行家里手。

"它山之石,可以攻玉。"这算是我的一点读书心得吧,匆匆写出来,希望能起到抛砖引玉的作用吧。

30　闲话读书写作

人生在世，有事业可忙，是好事。假使一时一地没正经事，业余读读书报，写写文章，那也是闲来不错的事业吧。

浠水农民的说法，莫懒惯了身子。没事儿到自家的田地里转一转，除除草，浇浇水。正所谓"人勤地生宝，人懒地生草"。

这些日子，等待第二本散文集《回望故乡》印刷的空闲，我就安下心来读些书，手上停一停，让脑子里进一些新材料，如超市批量进货一样。

上学时，长篇小说《金瓶梅》过去读了上部，就放下了，总以为书厚，没有工夫去读。今年为了写小说做些准备，交了第二部书稿之后，每天读一两回，赏玩心态，圈圈点点，也别有洞天。今晨出门前，我读到了第55回，上册就快了结。

昨天自己蜗居家中，读《柳宗元文集》，永州八记粗略地品了五记，文字清新，很有韵味。竟然不觉半天光阴过去了。

前天为了寻找巴人的史料，又从头至尾"围剿"了一回《湖北文物典》等专业书籍，一页一页地如刑警勘查现场，不放过任何可用的史料。后来觅得蕲春的芭桥，也是因巴人居住而得名。这样浠水有巴河、巴驿，而罗田县名正因为巴水蛮的田氏居罗州而得名。

为了写清楚鄂东三次近万巴人迁入而形成的影响，我追根巴人的起源、分布、迁徙、风俗等文化史料。

现在说巴河镇的非遗"天狮"表演，源于巴人文化遗存。为什

么不是"白虎"表演？似乎后者更合乎巴人图腾崇拜。这一点，我还要再探究一番。

鄂东地区的哭嫁、哭丧，这倒与巴人同类的文化有一比，由此而造成的悲悲戚戚的黄孝花鼓戏（楚剧雏形），成为鄂东文化的一个特色。

民国时期，因楚剧草创，为了和主流的汉剧争天下，汉口经常有黄色剧目半夜上演，政府为此下过禁演令，不少曲目是不许演的……

带着写作任务读书，能够集中某个主题，将史料和史识凝成一团，连成一片，如此日积月累下去，写作的素材可以大为拓展。

回首走出传媒大学的这六七年，我在鄂东地方文化、楚文化、巴文化等方面的学习、研究和写作，丰富了我的精神世界，也因为我的文章和书籍广泛传播，又丰富了更多人的精神世界。

孟子说过：独乐乐，不如众乐乐。人类思想需要交流，观点需要碰撞，成果才可以广为流传……

31　我的记者梦

今天是第 18 个记者节，我的很多师友，包括我教过的学生们正在过节。今天的我，看似局外人，但是我从未走远……

在我没有发蒙上学之前，父亲就念报纸上的文章给我听，多少有点拔苗助长的着急吧。而这读书看报的习惯，就是父亲"传染"给我的。那时没有什么舆论杂音，唯有中央、省、地区（市）三级党报党刊的天下。

胡乔木说过，报纸是人民的教科书。对我而言，党报就是一辈子的教科书和老师。至今，我坚持看《人民日报》，每天早上打开人民日报客户端。

儿时，看着报纸上的"本报记者"，听着广播和电视中的"本台记者"，我真是很羡慕。心想，等我长大了，要是能当个仗义执言、走遍天下的记者该多好呀！

湖北浠水，是全国闻名的"记者县"，据说全国有高级职称的浠水籍新闻工作者达上千人之多。对我而言，最直接的记忆，就是 1987 年 2 月 15 日，浠水县巴河高中改名为"闻一多中学"，当天的揭牌仪式上了湖北电视台的晚间新闻，全校师生围在电视机前欢呼……

对农村长大的孩子，实用主义第一，有尊严地活命第一。当年一句流行的说法，"学好数理化，走遍天下都不怕"，算是误导了我。我毫不犹豫地选择了高中理科班。

大学学机械,我却开始了真正的新闻自学。业余时间,我购买了经济日报艾丰、复旦大学刘海贵、华中理工大学汪新源等老师的书籍。在读期间,还与高年级的学友一起创办了"燎原文学社",轰轰烈烈地办了三年学生刊物……

工作之后,为了提升自己的学历,我就一心想着考研,想着深造。因为机械专业的基础实在不行,加上高等数学肯定难以考过,我就选择了回避"拦路虎"。而报考新闻学,在外人看来就是"无理取闹",有点无知者无畏的莽撞。

其实,人生什么条件都准备好了,倒不一定就能成功,也许这就是永远解释不清楚的"命运"吧。

2011年9月,没有听过一堂新闻课的我,紧紧怀揣着广西大学文化与传播学院新闻系研究生的录取通知书,愉快地离开了工作了8年之久的湖北宜昌的核工业企业,一下回到了简单的学生身份。

2004年7月至2008年8月,硕士毕业之后,我在湖北第二师范学院(原湖北教育学院)教过4年大学,居然承担了新闻和广告专业的课程多达11门。我的很多学生,如今正在新闻战线上奔跑着!

2008年9月,我再次幸运地投奔到党报党刊研究的权威专家——中国传媒大学党报党刊研究中心王武录教授门下,脱产当了三年的弟子。王老师的严谨和关爱,如同父母。

2011年7月,我"三度"毕业参加工作,一晃我回归核工业七年了。

今天,我依然有一个记者梦,从未曾放弃和熄灭。一旦工作需要我,握笔为枪,我必然奋不顾身……

32　为书斋取名

　　书法家李建先生是我多年同事和朋友。前些日子，听说老哥忙着创作油画，他可是科班的首都师范大学油画系毕业生。当我一踏进工作室，现场竟然摆满了书法作品。"厚德堂"几个大字，饱满圆润。我边看边拍照。眼前的书法作品，行楷比苏（东坡）体还要饱满、稳健，更耐看一些。

　　李哥笑说，今天下午试试手，有一阵子没有写书法了。说话之间，他催我赶快给个人的书斋取个名字，"搭便车"为我写一幅字，过时就不候了。我欣喜若狂，那就抓紧命名吧。须知，眼前熟悉的书法家，一幅作品动辄就是几千、上万，甚至数万元不等。

　　此前，还从未认真考虑过书斋的命名。于是，我首先想到取个名"守拙斋"——语出陶渊明先生的"守拙归园田"。可以料到的是，"守拙"这一词用者众多，必然缺乏个性。我宜昌的老师、知名散文家韩永强先生，他的书斋就叫"守拙斋"。

　　于是，我改"守"为"固"，而"巩固"又是一常见词组。唐宋八大家之一的曾巩，字子固，所以可以说"巩＝子固"。而人家"守拙"，我不必去守，因为我本来就是拙笨的平凡人——"固拙"。

　　固拙？我还想到了另一个词语"固穷"——"君子固穷"，语出《论语》。但是，这样的书斋名字，怕家人看了会不舒服。因为不常见的朋友们见面了，往往会问"在哪里发财？"。逢年过节，谁都爱听"恭喜发财"。如把"穷"字挂在嘴边，甚至放在书房之

32　为书斋取名

中,不见得好。文人也要活命,发财不是坏事,关键是"君子爱财,取之有道"。

前后不过十来分钟,我就告诉书法家,书斋名字已经取好了,就叫"固拙斋"。说话之间,只见李大师麻利地铺开大幅宣纸,提起大粗毛笔。意在笔先,未落笔之前,酝酿片刻,好像嘀咕了一声,"这三个字不大好写……"

然而,大师毕竟是大师,五十多年不间断的书法功底,还有能难倒他的汉字?只见他运笔如飞,饱蘸浓墨的大笔在宣纸上有节奏地翩翩起舞,又恰似一只在水面上灵敏捕食的小鸟忽上忽下翻飞。三个榜书大字"固拙斋"悬腕一气呵成,最后落款的小字"丁酉李建",也不必换成小号毛笔。作品右上角盖上"引首章"——"笃行"闲章,左下角盖上大师的姓名章。墨黑、纸白、印红,简直就是完美之作!

晚上归家,先查百度,再查书架上中华书局版的《庄子》一书,开篇的《逍遥游》就有句庄子的话:"夫子固拙于用大矣。"翻译成白话文就是:"你实在是不善于使用大的东西呀。"这就更坚定了我取名"固拙斋"的合理性。看来,老庄哲学这些年来深刻地影响了我的思想……

好了,从今往后,我的书斋就有了正式名号"固拙斋",也有了传统读书人"老夫子"的责任和担当。《留住乡愁》《回望故乡》之后再出版的作品,后记不必再笼统地写为"北京房山"了,可以改为"北京固拙斋",等于打上了另外一个产地的商标。

33　门前有条弯弯的河

　　人是离不开水的，何况我出生在南方的鄂东浠水，更是从小和水有一种特别的亲近感。老家门前养鱼放鸭的大池塘，田野里纵横交织的沟渠，儿时熟悉的浠水河、巴水河、长江……

　　后来，我外出读书了，工作了，定居了，也就远离了故乡那一片山和水，像老朋友来往少了，彼此会有惦记，久了也会横亘着一抹如薄雾般的陌生感。

　　几经折腾，我带着书，单枪匹马先闯入北京，接着又接来了一家人。面对北京不断攀升的房价，最后我只好在北京的郊区房山安营扎寨，也算是侥幸躲过了2016年以来的又一波房市疯狂。

　　从房山进城区核心地带，要坐一个多小时的地铁，的确远了点。但是，地铁不同于地面交通，优势也很明显，没有红绿灯和交通拥堵的问题，上下班的时间是可控的，有保障的。看过很多的楼盘，之所以能"一见钟情"，说来说去，还是新家门口的一条小河，以及河对面的公园的诱惑。

　　其实，房山也是不缺水的地方。从北京市区过来，必经古老的永定河，河上有座驰名中外的石桥叫卢沟桥，外国人叫它马可波罗桥。至今，永定河周边保留着大片大片未开发的河滩地，成为寸土寸金的京郊风景线。

　　再说小区的门前，一条马路之外就是长阳公园，小河成了公园的一个有机的组成部分。小河的上游水量并不多，也没有人刻意去

蓄积。遇到每年的汛期，倒是偶有卷起泥沙的浊浪汹涌而至。好在家门口的小河常有工人精心维护，上游来水挡住了各种漂浮物，下游的去水有堤坝"扯住衣袖"。于是，这上下约一公里的河段，可以说像一个大池塘，更像一座大水库。

顺着小河，自西向东，河上架着四座桥。两座是最外围通车的石拱桥，一座是人行的木质彩虹桥，还有一座是仿天安门前的金水桥。夜幕下的彩虹桥，无数的霓虹灯闪烁，在夜空中勾勒出桥的"腰身"曲线，真是赏心悦目的景致。

对匆匆的行人而言，桥梁仅仅是通行的工具，没有时间会纳入审美对象来观照。而对日日在此做伴的周边居民而言，桥梁本来就是风景，也是河上看风景的好地方。于是，你自然而然地会联想到新月派诗人卞之琳的那首小诗《断章》："你站在桥上看风景，看风景的人在楼上看你。明月装饰了你的窗子，你装饰了别人的梦……"

小河常年蓄着一池碧水，像是天地之间的一块润泽的玉，又像是频送秋波的西洋美女的大眼睛。只要愿意这样去联想，你的心儿就亮堂堂的，就会把小河当艺术品来打量。

春天的时候，待到两岸的草绿了，柳树吐芽了，你推开窗户，蛙声四起，仿佛有一支水军埋伏在河畔。在我的记忆里，"青草池塘处处蛙"是故乡鄂东的春耕交响曲，是我最熟悉不过且欢欣鼓舞的"楚歌"，而不是项羽耳朵里"不肯过江东"的最后悲歌。

夏天的时候，不经意之间，河水之中悄悄浮出一个个圆圆的绿荷。时光流逝，一天天如魔术师的手法，荷叶由小变大，再慢慢挺立出水面，像潜伏已久的水下的"绿林军"，很快占据了河面，长成一片高高低低的绿色丛林。过些日子，随着红的、粉的、白的荷

103

花竞相开放，那是小河一年之中最美丽的季节，像是盛装待嫁的女子，简直是无比娇羞可爱。

秋天的时候，两岸的银杏林由绿变黄，河中的荷花也该谢了，大如伞盖的荷叶儿渐渐枯萎了。荷茎上的莲蓬无人采摘，在风中摇曳，水下泥里的莲藕想来也该长成了，不知道有没有人去收获。

唯有冬天的时候，门前的小河流水顿时安静下来了。明眸善睐的"大眼睛"如同蒸熟的鱼眼珠子，冻成了一颗巨大的水晶球。可是，冰上运动的人们，无惧刀割般的北风呼啸，激情和笑声在小河上沸腾开来……

其实，家门前小河的风景，最有资格发言的不是我，应该是那些长年累月守候的垂钓者。只要河水不上冻，四面八方的垂钓者就被吸引来了，带上一套家伙什，整天整天地蹲守在岸边，甚至是晚上借着路灯光、打着手电筒也要坚持下去。

闲来无事的垂钓者，好像垂钓是一项多么了不起的事业。垂钓者一个个修炼成了活神仙，三餐的吃喝都是可有可无的人间俗事。最好是，在这北京的秋天垂钓，有暖阳，有轻风，有荷香，再点上一支香烟，悠闲地守"杆"待"鱼"，不亦乐乎？

对诗人而言，小河如勇士，每天都是一首激情澎湃的诗。

对画家而言，小河如美女，四季都是静物写生的最好模特儿。

对拍客而言，小河如富矿，每个角度都挖得出一幅好作品。

对歌者而言，小河如提琴，随时都谱一曲曼妙动人的天籁之音……

门前一条弯弯的小河，相处久了就是朋友。爱上小河的四时美景，自然会看入眼，也会记入脑，还会在某个夜晚涌入你的梦乡里……

34　定福庄岁月

北京的地名，要说最熟悉的，还是我到北京来落脚的第一站——定福庄。位于北京市朝阳区定福庄东街1号，也就是我的母校——中国传媒大学。

我在定福庄生活了3年，当时置身其间，从没有深究过这个地名的含义。只是隐约觉得挺好的，定福庄像北方一个普通的村庄名字。望文生义，因为有"安定"有"福气"，自然是个好地方。

等我毕业了，偶然一天，打开百度一查：

相传定福庄一带，在明清时期多埋葬宫中的宫女、宦官等，"福"即棺材上的福头，"定"的意思就是使之安定，此名一直沿用至今。地处定福庄的中国传媒大学校内，还保留了一片核桃林，核桃树被喻有辟邪之用……

看到这里，我不禁倒吸一口凉气！这一大片核桃林，就分布在5号楼到6号楼之间，而我那3年就住在6号楼的1楼112房间。这么一说，我竟然糊里糊涂地与明清宫女的阴魂为伴了？

宿舍两个人住，室友黄博士还兼着温州大学教席，大多数时候就是我一个人。想来有些后怕，怕半夜的幽魂缠着我，我是不太聪明的书生，万一如聊斋故事鬼迷心窍呢，或者人鬼情未了呢……

我在传媒大学读书期间，女生宿舍楼"静思苑"出过事的，有学生戏称为"静死苑"。附近的48号教学楼，据说风水也不大好，

有纵身"飞"下来的生灵。后来，学校在此处矗立了一块大石头，估计是想镇住邪气。

年轻学生很脆弱，一时思想堵住了，想不开的，就容易轻率地毁掉生命，给家庭和社会带来不必要的伤害。

其实，我上大学期间也曾有一个学期，神经兮兮的，因为失恋活得很灰暗，类似于歌德所写的《少年维特之烦恼》。后来，每当想起那一段，真觉得好笑呀。天涯何处无芳草？幸亏我躲过了那一劫！

我深爱着母校，揭短亮丑似乎有些不地道，不是好学生。但是，北京类似这样以坟为地名的太多了，每当地铁或者公交车报站名时，我都觉得心里发冷发颤。

以中关村为例，过去满眼是太监的坟墓，因明清时期称太监为"中官"，就是皇宫中的官儿，所以此地叫作"中官坟"。还存一说，从明朝开始，太监在此修建庙宇和养老庄园，故称此地为"中官村"。新中国成立后，在此建中国科学院，觉得"中官"二字不好。经北师大校长陈垣先生提议，改名为"中关村"。

扯了这些不愉快的掌故，该说母校给我带来的好运气。众所周知，中国传媒大学是211名校，尤其是新闻传播学和广播电视艺术学，是教育部重点学科。我正是新闻学的学生之一。凡是优秀的电视新闻学院的毕业生，存有照片镶在大镜框里，挂在学院一楼的走廊上。至今没有我的影子，也觉得对不住母校，不好意思回去乱转。不过，母校美女如云，可以让我忘记平庸，努力多看几眼，那叫对美的欣赏。

母校的播音主持学院，肯定是全世界讲普通话最好的美女和帅哥的大本营。有朋友来学校玩，我总要带他们走进老舍夫人胡絜青先生题写院名的播音主持学院，在一楼大厅看看满墙的央视和省级

卫视名嘴们的照片，仿佛我就是他们学院的一员。可是，我带有黄冈腔的普通话，怎么也难说得更标准一些，如和鱼老是分不清楚，舌头就是不听使唤。

当然，我最熟悉的还是33号楼2层的党报党刊研究中心，那是全国唯一的党报党刊研究机构，而且是以《人民日报》和《求是》等党报党刊为重点的。我的导师很严厉，每次提交他的材料，逼着我要看几遍，甚至读出声来。如果有错别字，或者文词不通顺的，他老人家会当面教训你一顿，毫不留情。当年那些美丽的博士、硕士师妹，每次上楼总央求我说：师兄，你走前面吧，我们一上楼梯，腿脚就打哆嗦！敲导师办公室的门，好像心提到嗓子眼上了……

导师很严厉，对我们严，对他自己也是一样的，这就是一个标准。老先生常说的话：庄敬自强。他常年穿一身中山装，不苟言笑。还有学校保卫处的赵老师，他是转业军人，常年穿一身军装绿，头戴鸭舌帽，好像他就只有那么一身衣服。有学生在网上说，中山装老头和军装老头是传媒大学一景。偏偏这两位老先生还是交情不错的朋友，我和他们都走得很近。

做学问一要天赋，二要勤奋。同样是一个师父下山的博士硕士，毕业之后会有天壤之别。在传媒大学期间，导师给了我很多指导，受用一生。可是，迫于生计，我毕业之后没有坚持学术研究，又回到了企业混日子，这多少有些对不起国家和导师的培养。

定福庄的3年，可以写的东西很多。收获最大的是，我读了一批好书，交了一批好朋友，然后完成了一篇10多万字的毕业论文，就毕业离开了。

因为工作没有离开北京，我就不觉得母校多么遥远，多么生

疏。这些年来,我常常回去看看,包括回去拜访老师,客串讲讲课,参加党报论坛等学术会议。我像个出嫁的女儿,每次回到母校,我就像回到娘家一样亲,满眼满心是感动。

前两年,母校大搞建设,校园里挖了小湖,架起拱桥,新的行政楼前的风景耳目一新。不过,我从南门进去,寻不见我住了3年的6号楼,原址竟然化作一片草地!当年满是被爬墙虎包裹的温馨的3层小楼,竟然不知何时被挖掘机摧毁了……

定福庄的中国传媒大学,无数新闻人从这里走向全国,走向世界,走向人生的辉煌。

我很多的梦想,还留在定福庄的母校,留在那些年轻时候奋斗的足迹里。

35　徘徊南沙沟

北京三里河路上，从阜成路向南，有月坛北街，正对钓鱼台国宾馆的东门；有月坛南街，正对玉渊潭公园东门；而紧邻三里河路的北街至南街之间，有个小区叫"南沙沟小区"。

据查，明代阜成门外有杏花村，因位于永定河故道上，沙质土壤，半年刮西北风，卷起漫天黄沙，故附近有沙窝、沙沟。后来，城里人把杏花村俗称作沙沟村了。自民国时期起，不断有来自山东、河北逃荒的灾民在此落户，开荒种地，逐渐形成了沙沟村和沙窝村。

20世纪50年代中期，国家在复兴路沿线的荒地上大兴土木，建设军队和中央机关大院，于是就有了南沙沟、北沙沟、南沙窝和北沙窝之类的地名。南沙沟小区现属于国务院机关事务管理局的住宅区。

北京小区无数，本不足为奇。而我无意之间读书，获知钱锺书和杨绛夫妇住过南沙沟小区。我用笔画了个记号，至于南沙沟在哪里？不得而知，那就准备闲来寻访一番。

资料表明，1977年以前，钱杨夫妇住建国门内学部7号楼二间房，后来搬到史家胡同社科院的平房宿舍院。50年代搬到清华大学。1979年在老友胡乔木的特别关照下，分配了南沙沟一套四居室的房子，令知识分子们羡慕不已。

钱老1998年走了，其女钱瑗早一年患癌先走了，2016年杨老

也走了，他们仨在天堂相聚了。无数人仰视这个知识分子家庭，他们活得简单而深刻，他们活得平淡而传奇，前者指物质生活，后者指精神生活。

2017年11月，我从车公庄大街的核工业企业向南，暂时迁到月坛南街的另外一家核工业企业上班。午休时间，我走过国家发改委的高墙，穿过马路，一抬头，一个小区大门正对，一侧墙上写着"南沙沟小区"！

原来，鬼使神差，我就在大师故居边上工作，每天八小时讨生活呢。小区门口有人值守，院内无高楼林立，如今住什么人不知道，据说是司局级以上领导干部。而我只知道钱家在此栖居过。

1935年，钱杨结为夫妇，开始了长达60多年的婚姻。在抗战结束后，钱锺书出版的第一本短篇小说集《人•兽•鬼》，他写道："赠予杨季康，绝无仅有的结合了各不相容的三者：妻子、情人、朋友。"这对神仙伉俪，集夫妻、情人、朋友于一体的奇妙组合，如今只有各种传说了。

又一日，趁着午休时间，我晒着太阳行走在三里河路上，从南向北，再拐入月坛北街。走不远，路南一小区门口，一盏红灯笼喜庆夺目，小区大名镶嵌壁上：南沙沟小区。哦，我走到小区的后门了，或叫北门吧。于是，我索性前行，见了又一街巷路口，右拐进入，围着南沙沟小区用双脚画了一个口字形。

末了，套用两句唐诗：大师已乘仙鹤去，此地空余南沙沟。我在心里默默为二老祈福：愿天堂有更多自由的学术空间！愿天堂还有他们一家精彩生活的演绎！

36　紫竹院散记

我从2008年9月单枪匹马闯京城，一晃在这座城市生活了10个年头。虽说北京很大，但不少地方留下过我的足迹，也留下了岁月的沧桑感，值得回味。

2012年初，在朝阳区甘露园的单位宿舍要拆了。不得已，我找到一家房产中介，在我指定的区域内推荐房源。看了很多房子，不是太破旧太脏乱，就是租金太高承受不起。

后来，总算看中紫竹院南路的一套两室一厅的底楼，凑合着谈下来了，月租金3500元。合同一签，中介公司轻松赚走了一月租金的中介费。

因为是老旧社区，几棵大杨树比那口字形围着的四层楼还要高。很多的时候，屋里阴暗，见不到阳光，如同地下室一样。洗了衣服和被套，我就在大杨树之间拉一根绳子来晾晒。

房子很紧张，客厅当卧室，儿子住着。卫生间和厨房都偏小，仅能容下一个人。儿子那时上中学，他要应付学业，我就无处读书写作了，只好长期倚靠在床头看看闲书。好在租住地距单位不远，公交三站地，走走就半小时，下班后在办公室磨磨蹭蹭，也可以做点自己的事情。

但是，全家折腾来北京，开头的几年，工资预交了几个月房租，所剩无几。第一个月还借过朋友的钱，想来有些艰难和辛酸。从传媒大学毕业搬出的几百册书籍，懒得再翻动了。因为没有自

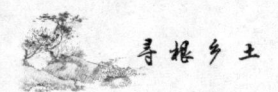

己的房子,东西不敢添置,连书也懒得买了。

房东家的电视机,看了一年多就坏了。和房东老太太一说,她惊讶,买了没几年,怎么就坏了?维修人员上门来,电视机都10年以上了,说这电视连配件都不好找……

那几年,我觉得生活很灰暗,紧紧张张地过日子。如果一个读书人,连书都不想再买,文章都不想多写,那就是混日子的状态,算是浑浑噩噩的人了。

在如此困窘不堪的情形下,我无心看风景,上班下班,很少出门,也没有什么好心情。所谓"心远地自偏",从租住地紫竹院南路,往北不过三四百米,过一座立交桥就是著名的紫竹院公园,于我而言,很长一段时间,仿佛隔着高山大河的遥远距离。

真记不清什么时候,从交流中得知,我的两位老同事也住在附近,他们来北京早,就主动邀我喝点小酒,有空再到紫竹院公园走一走,天南海北吹吹牛,也消消食。

我这才知道,近在咫尺,还有紫竹院公园这么好一个所在。

说起来,紫竹院有历史、有故事,过去该是皇家所有,老百姓是没有机会涉足的。公园始建于1953年,因园内西北部有明清时期庙宇"佛荫紫竹院"而得名。今天的紫竹院公园,门口的大字,是大文豪郭沫若先生的手笔,肉巴巴的字,没有力度。

据说,古时的紫竹院,原是一片低洼的湿地。公元三世纪时,这里是高梁河的发源地,系燕京水源之一。元代郭守敬在高梁河上游开挖长河时形成蓄水湖,成为北京重要的水源之一。明代万历五年(1577),在湖北岸兴建紫竹院庙宇,为万寿寺的下院。

公园有大小湖泊三个,两座小岛,五座拱桥把湖、岛、岸连在一起,桥、廊、亭、榭,点缀其间,形成"三湖两岛一堤"的基本格局。

紫竹院公园，以竹景取胜。传说观音菩萨居住在南海紫竹林，这里以建有供奉观音菩萨的寺庙而得名。公园共栽有10余种竹子，16万余株，成为一座以水景为主，以竹景得名，具有江南园林特色的大型公园。

紫竹院公园，紧邻国家图书馆，附近还有好几所高校：中央民族大学、北京舞蹈学院、北京理工大学、北京外国语大学等等。

有年轻学生聚集的地方，爱情就生长，就会有浪漫的故事。在紫竹院公园流连之际，经过竹丛密林之间，你不知不觉会撞上多少亲密的情侣，包括中西组合的也不少，小心你惊吓着人家……

但是，紫竹院公园，据说不适合恋爱，是个容易分手的地方。有迷信说法，竹子只长叶子，不开花、不结果。竹子一旦开花，就要大祸临头了，会成片枯死。难怪，竹子开花，民间视为逃荒之象、乱世之兆。

有意思的是，冯小刚导演的《非诚勿扰2》里有个经典场景，李香山（孙红雷饰）和芒果（姚晨）举办离婚典礼，就是在紫竹院公园拍的。或许冯导也爱八卦，早听说过紫竹院公园是情侣分手的"风水宝地"？

而我租住在紫竹院附近，是已婚人士，且不是成功人士，就没有额外约会恋爱的机会。

那几年，夏天晚饭后，我们三位同事电话一约，常常围着公园的湖岸走一下，甚至转上两三个大圈，说上一箩筐话，有时散去也迟。

妻多次取笑我，三个老男人，怎么老是公园见，还有说不完的话，该不会有毛病吧？我尴尬地笑一笑，要是谁有毛病，早出事

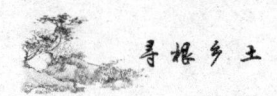

了，不至于熬得这么久吧？何况是锵锵三人行呢？

这样去得多了，日子久了，心情也不一样了。我留意到紫竹院公园内年年盛开的牡丹、荷花，还有古柳和紫竹，原来生活可以如此赏心悦目。

紫竹院公园，据说是情侣分手的倒霉地方。对我们如刘关张关系的老男人来说，不存在分手之说。但是，散步的队伍还是经不住时间变化，竟然也会慢慢拆散了。最初，战兄调到重庆区域公司任职，散步就剩下两位坚持了。后来，我贷款买了房，搬到郊区房山了，就只剩下张兄和他的家人了……

至今，我常常想起在紫竹院附近的生活。那一段日子如创作一幅油画，先是打底稿的灰暗和彷徨，后来渐渐涂抹出一点点的亮色，然后是一大片明亮，进而愈见生活的方向和个中的幸福滋味。

是呀，生活从来不是一条平坦的大道。何况我从南方的小山村出来，赤手空拳，只带着头脑，一下就扎到了几亿人向往的首都北京呢？

37　木樨地引乡愁

在北京城里，我常常路过木樨地。这地方在哪儿？度娘的说法，位于北京市西城区，长安街西延长线上，复兴门外三里地。我日常出行靠地铁，一号线经过此地，有一站叫：木樨地站。

据说，过去的北京城外，杂草丛生，这一带的苜蓿长得特好，所以叫苜蓿地。后来，地名雅化，就改为"木樨地"。木樨园，也是如此改定的。

苜蓿，是多年生豆科草本植物，不仅仅产量高，而且草质优良，各种牲畜均喜食，素以"牧草之王"著称。而木樨，是桂花树的统称。木樨地，即桂花之地。这就需要你发挥充分的想象力，因为桂花只能在黄河以南生长。此地，哪里会有桂花树呢？

我是南方的楚人，恰恰我的故乡鄂东浠水，位于长江边上，桂花是常见的树种。于是，北京这从来没有过桂花树的木樨地，却可以寄托我的思乡之情。

常言道，八月桂花香。每年中秋节前后，我家的老屋门口，桂花飘香，满满的是丰收的气息，是农家幸福的气息。

走近桂花树，透过密密匝匝的绿叶，可看见枝头结满一串串橙黄色的小花朵，香气一阵阵随风飘散开来。人闻着香味儿，精神头儿也足了，可提神醒脑。如果顺手采摘一把新鲜的桂花，加入绿茶冲泡出茶汤，那不就是最简单、最浓烈的桂花茶吗？

不用说，人们普遍喜欢桂花，就连乡村的鸟儿雀儿，也喜欢栖

息桂树之间，钻进钻出，跳上跳下，叽叽喳喳，它们翻飞的样子，好不快活。

桂花树，在中国传统文化之中，是象征着吉祥和幸福的树。桂，谐音"贵"，诸如：富贵人家、早生贵子，这类美好的寓意都可以寄托于桂花、桂枝、桂树。

三十多年前的秋天，父亲劳神费力地做起了一厢新屋的同时，门前就栽上了两棵小桂花树。可是，为了修建门前一段低矮的石墙和石桌时，三表叔帮着出力抬石头，忙中出乱，压坏了一棵桂花树。

父亲是个和蔼的人，对亲戚朋友从来一片真善之心，也不计较，笑一笑，算了算了。请人帮忙，你还能责怪吗？一棵树算多大个事？

说来奇怪，我家门前栽下成双成对的桂树、枞树、樟树、水杉之类，最后也只能以单数存在。唯独门前护坡上的毛竹和水竹，年年雨后春笋，像野孩子点的一把山火，无法遏制地蔓延开来。

门前硕果仅存的这棵桂花树，几年下来长得并不好，磕磕绊绊的，像流年不顺的小孩子。原来，坡上一棵野生的泡桐树，像那吹了气的小媳妇怀孕的大肚皮，呼啦啦地长粗长高，三五年之间，竟然长成了天地之间一把绿色的大伞，大朵大朵的紫色的泡桐花恣意地盛开，一时霸占了那一片土地。

不知道什么时候，有喜鹊飞来了，衔来了无数小树枝，在泡桐枝头垒个大得出奇的鸟窝。然后，它们旁若无人，任性地生儿育女，热热闹闹地过上了它们的家庭生活。

鄂东民间说法，喜鹊报喜，乌鸦报丧。有喜鹊为芳邻，这是很吉利的象征。尽管喜鹊们的粪便从天而降，还顺着泡桐树流淌成

"彩绘"，地面也会脏乱一片，但是人们会容忍，甚至只好纵容。

父亲说，这速了，泡桐大树遮蔽了阳光雨露，四周的树木就长不好了。

是的，那棵桂花树也在生长，但是慢腾腾的，出工不出力，也不见开花飘香。于是，父亲动手，将桂花树小心翼翼地移栽到老屋的东头，一片坡地上。

后来，乡村大搞绿化，从华中农大引种了一批优良的桂花树苗，分发给家家户户。我家又在东头坡上，再栽下了一棵桂花树。两棵桂花树做了伴儿，于是赛着长起来，枝繁叶茂，花开香飘，成了老屋门前的一道风景。

桂花飘香的季节，鄂东人家最看重的四时八节之一的中秋节就近了。而母亲刚好是中秋节前一天出生的。所以，母亲的大名和桂花连在一起，被乡亲们叫了一辈子，也在我的各种履历表上填了一次又一次……

在我眼里，桂花树，是月亮上的神树，和嫦娥相伴，和美酒相伴。而且，桂花树，是南方故乡的树，和母亲相伴，和老屋相伴，给我如母爱一样的温馨。

门前的桂花树，和故乡的一草一木，一砖一石，常常勾起我的思念。那是乡愁，是一种思乡的病，还能在游子之间传染开来……

想来好笑，木樨地，这个张冠李戴的地名，却带给我这南方人的无限情思，像是我家门前一块盛开桂花的故土，陡然多了一份老家的亲切感。

38　漫步三里河

三里河，在北京西城区境内，一段南北走向的宽阔马路。最北端，东向与西直门外大街交叉，从北走到南，依次还与车公庄大街、阜成门外大街、月坛北街、月坛南街等道路交叉，最南端直抵木樨地附近，东向就是复兴门外大街。

据说，三里河过去有河流，是金代漕运的引水渠一部分，如今仅有地名留存，名不副实了。所说的"三里"，是指此处距金中都北城墙三里而言。金中都的皇宫，在今广安门桥至白纸坊桥一带。金中都的北城墙，在今军事博物馆南面羊坊店地区的会城门路一线。会城门，就是当年金中都北城墙四座城门之一。

三里河路上，地球人都知道的神秘建筑就是钓鱼台国宾馆，以及年年樱花繁盛的玉渊潭公园，据说这两处也是金朝遗留下来的古迹。

今天早上 8 点多，上班途中，三里河路上的车辆堵得一塌糊涂，交警和协警如临大敌，遇有交通管制，估计有重量级的外宾进出钓鱼台。外事活动，这条道上的行人早已见怪不怪。这么大一个国家，国际上的三朋四友来串串门，不认真接待行吗？

钓鱼台北门和东门，常年有威严的武警战士站岗，门口还有黑衣人值守，就说明这不同寻常之所。毛主席说过，钓鱼台无鱼可钓。我至今无缘踏入，不知道里面的情形，也就无法描述了。

不过，每年秋天，钓鱼台高墙之外，尤其是三里河路上的银杏大道，大片大片的黄叶的景色，吸引了无数的看客和摄影爱好者。

现在,光秃秃的银杏树在寒风中颤抖,只有临街的一排排松树还绿着,与寒冷的季节负隅顽抗。

而我知道三里河这个北京地名,从"三里河茶座"开始。这茶座,我没有进去喝过茶,因为它只是《中国核工业报》上言论性的专栏。最初阅读专栏上的时评,我还在湖北宜昌市的中核二二公司上班期间。

那时候,我年轻得青涩和干巴,颧骨高高的,体重不足65公斤。身为企业基层职员,读书看报是我的工作之一,也是我的兴趣所在,这让我走入社会多年,还能保留一种学习的状态。

因为我在大学期间读书太少,还被无端的感情纠缠掉了不少时间,工作起来总感觉到"电量"不足,心里发虚也发慌。于是,我又努力争取了10年的时间"充电",到3个城市的大学"回炉",6年做学生,4年做教师,真正过了一把洒脱的"读书瘾"。

经不住老领导和老朋友邀请,后来我又回到核工业上班。最初,我住在北京朝阳区的甘露园。好多次,我选择乘坐1号线,从木樨地地铁站下,从南走到北,疾走在三里河路的人行道上,大约三四十分钟,可以到达车公庄大街的核建大厦。

这几年,我午饭后习惯和谈得来的同事散散步,常常在三里河路上走一走,晒晒太阳,消耗卡路里。遇到外地的朋友来,也就近在三里河找一家餐馆坐下来,吃饭为次,交流为主。日久天长,三里河,竟然渐渐像老朋友一样熟悉了,比我头脑中暗淡下来的故乡要深刻得多,现实得多。

时间过得真快呀,一晃我在三里河一带工作和生活了7个年头了,相继扮演了很多个社会角色,平平淡淡的,真是恍若一梦呀……

39　漫话摄影

儿时很深的记忆，那时黄冈师专在读的本大队闻家老塆的闻老师，暑期搞勤工俭学，胸口挂着一个照相机，小心翼翼用那种褐色皮套子装的，走村串户，后面跟着一群看热闹的儿童，看他"咔嚓咔嚓"为老百姓拍摄照片，赚点钱。那种相机是装胶卷的，冲洗之后，连着小纸袋装的底片和照片交给拍摄对象。

还记得乡村老年人的说法，不管大人细伢，相要少照，照一次相落一次魂，对人不利，会短阳寿（减寿数）。何况还要花钱呢？我第一回照相，还是小学五年级毕业前，填写报考志愿表，必须要交登记照。照相之前，我刚好得了严重的感冒，对着镜头有点僵硬，脸部像是革命者临刑前的壮烈神情。可惜，由于保管不善，我手头的那张照片早就找不到了，或许我的人事档案中还有那用糨糊贴上去的第一张照片……

20世纪90年代初上大学，我的室友阿高，从家里带来一个相机，外出同游，给我们拍拍照片，服务周到，也很是稀罕。他手艺不错，像个老练的照相师傅。

还记得，当年我们机械专业毕业前，安排外出游学和实习，到了常州戚墅堰机车车辆厂。其间，顺便游览了江南的一方山水，在无锡某景点，居然买了一包25元的假胶卷，浪费了无数表情，发觉后惋惜不已。

总之，很长一段时间，拥有照相机和玩摄影，对我就是一个

奢侈的梦。即使我后来上新闻研究生，我也害怕摄影课，因为胶片贵，拍不好就等于糟蹋钱。我以为，做好文字就够了，摄影交给文字玩不精的人来干干吧。

原来，迷恋自己的文字，我就对图片有偏见，甚至是不屑一顾的。直到2003年新闻专业实习期间，我遇到了一位中国新闻奖得主，看到他拍摄的大量作品，每次确定好报道主题后，经过精心剪裁，编辑成一组组摄影专题、专版，才逐步转变了观念，也就欣然接受了新闻摄影界的那句名言：图文并重，两翼齐飞。

从此以后，我重视起新闻摄影，甚至花了一番心思，研究中外图片编辑的诸多先进理念和经典之作。我手头还购买了《图片编辑手册》等一大批专业书，结合我担任高校新闻编辑学主讲老师的要求，饶有兴趣地钻研报刊图片编辑的业务知识，还重新编写了"新闻图片编辑"的专题教案，反复试讲，课堂效果也很不错，自己也有点小小的成就感。总之，高校10年的学术训练，让我读懂了新闻摄影。

待到重归核工业企业工作之后，我又认识了同事、书画家李建先生，特别是看到了他拍摄的大批核电站建造过程中的图片，很是服气。不懂美术构图的人，只能是胡乱拍摄，留下点影像而已。而具有扎实美术功底的人，如果再熟悉拍摄对象，比如核电工程的特点，那拍摄的重点就很到位，主体和陪体关系清晰，构图也有美感，表现力就绝对不一般了。

摄影是一门表达艺术，只有带上"思考的相机"，才会拍出精品力作。正如写文章，我们要讲究"意在笔先"，哪怕叫"主题先行"，也是这个道理。如果套用一下，"意在拍先"，就是我们每次拍摄之前，先要想好，拍摄什么，想表现什么，形式和内容是否达

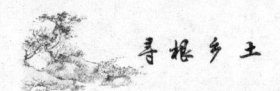

到了完美统一？

改革开放以来，真是谁也想不到，世界变化得如此之快呀！电子通讯技术日新月异，如今一个手机就是随身的照相机。前些年，新闻学界常说的一句话：人人都有麦克风的时代。现在看来，不仅仅是麦克风，包括摄像摄影的设备，电子产品和通信技术如此发达，我们已经进入了自媒体大行其道的新时代，人人都是记者的新时代，众声喧哗，鱼龙混杂……

过去，众人担心胶卷花销负担不起，现在因为手机摄影变得如此简单了，一切不过是电子文档，成本几乎为零。于是，我就喜欢借助手机的拍摄功能，边走边拍，甚至对着同一个对象，多拍摄一组图片，再反复比较、裁剪、分析，从中领略摄影大师们的至理名言，逐步提升自己"看图说话"的能力。

这样说来，手机不仅仅是玩的，它还能提升我们的审美能力，多拍摄一些新发现，何乐而不为呢？

朋友呀，玩手机摄影，只要多用点心思，久了也就会有点小收获、小名堂，自然也是挺快乐的一件事情吧。不信，从现在起，你认真拍一拍吧！

40 画出最美的

有句谚语："积财千万，不如薄伎在身。"小时候，我并不理解，甚至怀疑这说法不科学。原以为，一旦有了足够的钱，坐拥金山银山，还怕什么呢？而随着年龄的增长，才明白世界是变动不居的。所谓的财富，绝不是永恒不变的。财富会缩水，会重新分配，会重新定义……

儿时在农村，改革开放之初，如果谁家是"万元户"，那就相当了不起了。如今，即使在北京郊区的房山区，五万元还未必能买到一平方米的房子。如果遇到改朝换代，那就更惨了。我家至今还保留着几张民国期间的大额纸币，那些花花绿绿的"钱"，如今一文不值了。

人在世间立足，总得有点真本领。人们常常调侃说，如果什么本事也没有，那就只好去"当官"吧。过去，有人靠着不正当手段，混个一官半职，在"官印"和"红头文件"庇护下过日子。但是，官员毕竟职数有限，更多的人只能当平头老百姓。你不能靠权力，也不能靠祖上的财富和人脉的"储蓄"，那就要靠点本事去活命。

说了这么多，好像是离题万里了。

上周六，我顺道来到了位于北京海淀区首体南路的创景大厦，走进了书法家、画家、篆刻家李建先生工作室，他正在安静地作画，一幅秋天的油画作品。据他介绍，两个多月来，他每天都画一点,画一会儿,再放远处看看,再适当补一补色彩。只要走进了工作室,就想动笔修一修,改一改。他说,对作品的追求是没有止境的,只要放在眼前,就有创作的冲动,务求完美……

绘画是李建先生的真正专业。作为老红军的子女,他自幼练习书法,15岁参军。部队10年间,他是无师自通的美术和书法人才。因"文革"中断的学业,后来他硬是凭着顽强的毅力,自学完高中课程,考上首都师范大学美术系深造。大学期间,他专攻美术,以油画为主,兼及国画等门类。转业后,他先后在中核二三公司、中国核工业报社、中国核工业建设集团公司工作,默默无闻,不求闻达。

而社会各界人士,主要是通过一幅幅精美的书法作品,以及落款上的题字"京华李建"来认识他的。他的书法作品,早已在中央国家机关和核工业系统广为人知,奉为上品,还多次作为"国礼"赠送给外国政要,漂洋过海,并受到广泛的赞誉。

中国有句古话:高手在民间。李建先生不追求什么虚名,不主动加入什么书协和美协,工作之余就是艺术追求。他说,他牢记一位老同事的话,并作为自己的座右铭:"有事干事,没事学习,专业不能丢。"他寒暑不辍,从来没有周六周日,总是泡在办公室里,刻苦钻研书法艺术。他常说,无谓的应酬,最浪费时间。随着年龄增长,越感到时间紧迫,要做的事情太多了,太多了……

如今,李建先生的书法造诣,早已达到了炉火纯青、出神入化的地步。所谓"艺多不压身"。他的书法,可谓诸体皆佳:楷书、行书、草书、魏碑、章草、大篆、小篆等,还有榜书大字,枯笔技法娴熟的作品。几十年来,他反复临帖,且不限于一家两家,所谓"转益多师是吾师",融会贯通众多名家:二王、颜、柳、欧、怀素、苏轼、黄庭坚、米芾、董其昌、赵孟頫……

以前，我惯看李建先生提笔写大字，笔走龙蛇，叹为观止。最近，才有幸观察他创造油画，心细如发，精益求精，真让我大开眼界……

因为同事关系，我很早就认识了痴迷艺术的李建先生，无数次近距离观察他的创作过程，对我而言也是采访和学习。于是，我总想写点什么，大力传播像李建先生这样踏踏实实的中华传统文化的优秀传承人，传播正能量……

回到本文开头，什么是永久的财富？有真才实学，才是永恒的"硬通货"。

记得一位名人说过，哪里有天才？终身努力，便成天才。朋友们，让我们一起努力吧，努力画出最美的人生轨迹。

41　闲话工匠精神

我的一件老旧但耐穿的防风外套,穿了四五年了,前胸左侧的口袋拉链终于出问题了,怎么拉都合不上,别别扭扭的。其他地方大都是好的,又舍不得扔掉,就想着找个裁缝店换一条拉链,将就再穿两年。

所谓"新三年,旧三年,缝缝补补又三年"。这种节俭的生活,对我是一种习惯,无所谓穷和富。毕竟,浪费是可耻的。对我这样的读书人而言,摆阔是没有资本的,也是没有任何必要的。

于是,我找到单位周边一家商场内的裁缝店,人家一看就说:这不是拉链的问题,是锁头出问题了,你找附近的修鞋师傅吧。

按照她的指引,我们很快就找到某小区门口摆摊的修鞋师傅,摊位前挂满了一串串大小不一的钥匙,颇像国外旅游时看到景区挂满的"同心锁"。

师傅正在忙着修理手里的皮鞋,边上还有等候的顾客。看我站在他摊位前,他边忙边问,修啥子嘛?我一听这话,心想是四川口音。答道,修一下衣服拉链。他说,好嘛,等一哈哈。

我说,师傅是四川人嘛?他说,重庆人。我故意模仿着带有麻辣味的重庆腔调说,好嘛,我也是重庆的嘛……

调侃之间,他说,把衣服脱下来嘛。我递过去衣服,观察他如何处理。同时,我赶紧打开手机的镜头,对着他调整拍摄角度。

"拍不成了,好啰,快拿去。"我还没有反应过来,真还没有来

得及拍下一张照片,他只用钳子一夹拉锁头,随后再拉一下拉链,马上严丝合缝地锁好了,前后不到一分钟。

我问,多少钱嘛?他说,没用材料,不收钱。

我心里不知道多感动。不罢休,我趁着他为下一位顾客修理的机会,抓拍了几张现场照片,也是锻炼我的抓拍能力。

接着,我边穿外套边说,师傅,您还真有两下子!他笑一笑,从17岁到北京来混,玩了一辈子修理,现在都45岁了,把最好的年华都"修"没啦……

这就是坦率的手艺人,靠本事吃饭。近30年,他就只干一件事情——修理,在北京城扎下了根,满足了城市居民过日子的需求,也提升了人们的生活品质!

是啊,中国自古以来从不缺乏踏实肯干的劳动人民。除了锦衣玉食的公子哥阔小姐之外,大多数人是靠劳动来维持生计的。如果没有点真功夫,是难以糊口度日的,更别说养家了。

联想到上周日,我陪家人攀登上慕田峪长城。当我走过一座座巍峨的烽火台,顺手抚摸着城墙上刻着岁月痕迹的灰黑色砖块,以及砖石之间起黏合作用的白色糯米石灰层,心生无限感慨。

据查,慕田峪长城主要是早期的北齐长城遗址,以及在此基础上徐达、戚继光等人督修的明长城。

长城,它们何尝不是向全世界人民宣示伟大的中国工匠精神的物质载体呢?那些登上长城的外国游客,他们该是多么惊叹和羡慕呀!

今天的中国,要想永远立于不败之地,既要有研发创新的科学家群体,也要有化蓝图于现实的优秀工匠群体,决不可偏废。因此,大力弘扬劳模精神、劳动精神、工匠精神,就是不言而喻了。

42　还原故人往事

——夏元明散文集《满架秋风》读后

"一庭春雨瓢儿菜,满架秋风扁豆花。"据说这是出自郑板桥先生的对联,是多么富有生活气息的农家画卷呀:春雨潇潇,庭院里的瓢儿菜如饮琼浆,眼前如绿毯一般铺展开来。秋风阵阵,架子上的扁豆藤蔓密密匝匝,黄的、白的、紫的小花如无数的蝴蝶儿翩飞……

品着这副对联,乡愁爬上心头,不由人不油然会想起乡间的老家。可是,远在北京,我不可能经常回到鄂东的家。无奈,我的躯壳还得在异乡讨生活。那么,工作生活之余,我们可以纸上还乡,在字里行间寻找一份精神上的平衡和慰藉,也是一种乡愁的简易疗法。

我们黄冈人真的很幸运,因为故乡从来不缺文人。黄冈籍诗人和作家陈沆、闻一多、废名、徐复观、刘醒龙、何存中、夏元明等先生的书籍,就在我的书桌、茶几、枕边堆放着,触手可及,一翻开来,我的心儿"刺溜"就回乡了……

2018年3月,黄冈师范学院文学院夏元明教授的散文集《满架秋风》(武汉出版社)出版了。因为认识夏老师的时间并不算长,应该是2017年初我出版散文集《留住乡愁》之后,赠书他才有幸结识的。于是,彼此加了微信,通了电话,就是至今没有会面,也

就是所谓神交吧。

实际上，夏老师这本新书中的很多篇章，我这一两年来先后在微信朋友圈和公众号中拜读了。因为读了大呼过瘾，很多浠水籍朋友疯转，我也不断转发。新书出版后，不少名家和学者都写了书评，足见其受热捧的程度。

今年春节以来，我几次想去拜访夏老师，也顺便领到新书，奈何总是被耽搁了。现在新书出版快半年之久，我终于收到了这本32万字之巨的散文集《满架秋风》。

我本来是搞新闻学研究的，写散文是业余爱好，至今不敢顶着"作家"的帽子招摇。而夏元明先生是搞现当代文学研究的，写散文也是业余爱好。他在新书《后记》中也说，从来就不认为自己是一个"作家"。好吧，谁也不承认是作家，既然我们全是"野路子"散文作者，看看我们如何惺惺相惜吧。

一、不玩套路，秉笔直书

自古以来，散文这种文体，玩不得假，来不得虚，必须真实书写。朱自清先生的散文名篇《荷塘月色》《春》《绿》，调动了多少描写和抒情的手法，文字不可谓不唯美。但是，终究抵不上《背影》一文的影响力，那个充满舐犊之情的父亲的背影，深深地烙在无数中国人的心中。

散文这种苛求真实的要求，恰恰不太像文学体裁，倒像是新闻文体的写作要求。著名记者穆青先生就提倡"新闻散文化"。事实上，出自文字高手采写的新闻作品，完全可以当散文来读，比如《县委书记的榜样》《谁是最可爱的人》《哥德巴赫猜想》等等。

夏元明先生是一位学者，他研究过大量的作家和作品，出版过

多部学术著作。按说他对写作的套路是相当熟悉的,也可以驾轻就熟,避实击虚,写出更多灿烂的篇章。然而,他主动放弃了任何套路和伎俩,完全就着自己的眼见耳听心想来写。

他对写作的真实性要求,真实得相当严苛而可爱。用他自己的话说,"散文这种东西最要紧的是真情实感,半点虚伪矫饰就令人硌眼,更别说满纸做作"。(第116页)"我写文章崇尚诚实,我以为诚实是一切文学的灵魂。没有诚实,写得再怎么天花乱坠也是无益,甚至还是害。"(第247页)好了,他不是简单地追求真实,他是以考量人品标准之一的"诚实"来衡量,这就太较真了,有执拗劲了。比如:

(祖父的)黑是可能的,因为我和我孙子都继承了他的血缘,我们都生得黑。(第2页)

有一次祖母咬住父亲的肚皮,下死劲咬,硬是不松口。这样的事,无论谁都会发火,但父亲却轻言细语地对祖母说:"大,快松口,肚皮啮穿了。"(第23页)

母亲过门不久,两人就发动了战争,祖母动手打了母亲。母亲揪住祖母的发髻,将祖母抵向墙角:"看你还打不打!"母亲年轻,祖母自然不是她的敌手。此后,祖母只好君子动口不动手了。(第6页)

由上面的这些段落,祖父天生的黑、祖母的霸道蛮横、母亲的年轻气盛等等跃然纸上了。

二、还原乡村，悲天悯人

中国是典型的城乡二元结构社会。作者是从乡村打拼进城的大学教授。记录乡村本来可以有三种视角：俯视、平视、仰视。通读全书，作者写人记事大多数时候选择的是平视，将写作对象看作正常的人，将人性的善恶优劣都"和盘托出"，决不刻意隐恶扬善，描绘成新闻报道式的"完人"。更由于作者书写的大部分是自己的家族长辈和老师，按照传统的伦理道德，作者不少时候还用了仰视的笔法，是合情合理的。

正如作者在《岳父何祖应》一文中的自我解剖："我并不是个高高在上的人，本来就是一个水货教授，值不了几个钱，没有什么好故作高深的，何况是对自己的长辈……"（第63页）这种放下身段的心态，才会与乡村的老百姓情感相通。

在这本散文集中，作者主要选取乡村的小人物和平常事，包括亲情、爱情、友情等。重点是作者血缘和姻缘关系的家族成员：祖父、祖母、父亲、母亲、姑姑、舅舅、舅妈、大伯，妻子和她的祖母、父亲、母亲等等。书写过去贫穷落后的乡村，最要紧的是要有家国情怀、悲天悯人的情怀，才能还原在中国大地上苦苦挣扎求生的老百姓，还原往日乡村艰难的生存图景。

全书中很多"泪点"，让人无法释怀：12岁只身要饭到罗田寻父的姐姐、捡破烂买收音机的岳父、腰上藏着现金防偷盗的岳母、对爱情忠贞不渝的王淡云老师、酷爱读书的疯老头夏畏三、因所谓的"早恋"小纸条失学的多儿、惨死的"磨瘫"姐姐等等……

三、饱蘸情感，酣畅淋漓

散文，贵在真实，行文自然，有真情流露。散文中的"我"，不

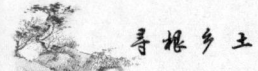

需要戴上"面具",喜怒哀乐,本色出演就足够了。坚持真实性的前提下,散文可以全面调动叙述、描写、抒情、议论等写作手法。散文能引起读者共鸣共振的,恰恰是作者的情感处理上的艺术。

夏元明先生是表达情感、宣泄情感的高手。作者笔端饱蘸情感,既有直抒胸臆,也有在遣词造句之中隐藏着情感和情绪。其实,每一个方块汉字的背后是有温度的、有色彩的、有空间的、有感情的综合体,就靠作者和读者在交流之中,如何准确地传递意义和情感。且看书中的例句:

1. 直接抒情:

老人(祖母)没有留下名字,苦难就是她的名字,记住苦难,就永远记住了她。(第8页)

我仿佛看到屋前屋后的秋草,在秋风中瑟瑟抖动着,那是老娘的萧萧白发,每一根都拨动着儿女的心弦。(第75页)

2. 描写传情:

父亲的唢呐还在,只是落满灰尘。也许我该收藏起来,让我们的后人学着吹奏。(第13页)

特别是宽大的臀部,几乎塞满我们的视线。(第86页)

3. 议论含情:

我老婆"嫌"是"嫌人",但能对我的"症",除我的"病",我只能给她恢复名誉,以"贤"字为之正名。(第70页)

4. 叙述融情

我告知要买的东西和斤两,她就风一样忙碌起来,忙完又画一般静着。(第94页)

一咬牙,最后写了一句:"我的心早就飞到了你的身边!"就这样,不再改了。(第106页)

四、幽默风趣,会心一笑

不得不承认,我们中国人普遍缺乏幽默细胞,不苟言笑是大多数人的生活常态。据说一个人的幽默能力和其智商成正比关系。的确,幽默要分场合、看对象、讲尺度。否则,你以为是在用心地"幽",可是人家还是面无表情的"沉默",还是不懂你的"味"……

不读《满架秋风》,我们知道作者智商肯定高,否则何以当大学教授呢?读了《满架秋风》,眼睛穿梭在作者幽默风趣的文字之间,你就更加相信:此人不仅不是那种高智商的书呆子,且多才多艺,还是一个长不大的调皮的"大男孩",像"老顽童"一样可爱之极,极有幽默的本事,而且是家族传承的乐观开朗的基因。且看书中的这些句子:

我哥和我儿子倒是白净,但儿子的儿子还是黑,基因不是那么容易改变的。(第2页)

(儿子)可怜弹了一阵,兴趣转移了,十几年不再摸吉他的毛,可怜那把吉他一直躺在挂衣柜里,大气都不吭一声。(第3页)

甫一坐定,姑姑就扯下了头上的寿冠,说:"像唱猴把戏的,

一点不好玩！"（第38页）

有个笑话，说某老师娶了他的学生，该生始称他为"老师"，继称"某某"，最后骂曰"狗日的"……不到骂人，就不能说真"爱"。（第67页）

只见王老师躺在床上滚来滚去，不住地扯自己的头发，终于写出了《铁夜校》一诗。（第89页）

大妹妹叫香姣，可惜不是香蕉，不然饿了可以吃一口。（第127页）

现在是个浅阅读和快餐文化消费的时代，一本书再好，无人阅读就等同于废品迟早要化为纸浆。要想让读者兴趣盎然地读下去，那还得有"卖点"。因此，语言风趣幽默，无疑是作者的写作风格，也是作品的一大"亮点"所在。

五、方言俚语，雅俗共赏

俗话说："一方水土一方人。"方言是与地域不可分割的。方言词汇的内涵和外延，只有"本地人"才能解读全面到位，达成共识的"意义区间"。如何用好方言土语，如同选好"食材"做出乡土味"特色菜"一样重要。写作既然是一种大众传播手段，就要考虑到方言和书面语的比例搭配。如果完全是方言写作，那就很难让某个方言区以外的读者来分享意义和价值。如果完全是用规范的书面语写作，作品无形之中就少了地域风味，千人一面，那就是所谓大路货了。总之，方言俗语的运用，要讲究得当，才能实现雅俗共赏，有更广泛的读者。

《满架秋风》书中方言表达随处可见,而且意思很到位。这里,选取了一部分方言表达,可谓读来余味无穷:

她对父亲的评价是"三代没读书做牛昂(牛叫)"。(第15页)

可母亲只是说:"想嚼蛆!想美妙的再找一个啊!"(第16页)

我们家缺柴尤其严重,父亲有时候批评母亲:"你烧窑啊?"(第20页)

我们湾有一个出了名的不好搁伙(相处)的女人,外号叫"玩意婆"。(第28页)

姑姑一头撞进四叔怀里:"我怕你个翻眼睛强盗,你戳我一根指头试试!"(第37页)

父亲说:"连菩萨也会呵苞。"呵苞即拍马屁。(121页)

坦率地讲,《满架秋风》那些写故乡之外的散文篇章,我就不太关注。最出彩的还是作者书写故乡的风土人情,尤其写熟悉的亲朋好友,入木三分,令人叫绝。同时,连带"出场"的作者也是"原形毕露",拉响二胡,吃肉喝酒,偷书抄读,好不快活也……

43 "嘿乎嘿"的黄冈秘密

——刘醒龙《黄冈秘卷》读书札记

嘿乎嘿，是湖北黄冈方言，意思是很多很多的。在刘醒龙先生长达 39 万字的新作《黄冈秘卷》（湖南文艺出版社 2018 年 6 月第 1 版）中，反复出现这几个词：嘿乎、不嘿乎、嘿乎嘿。对黄冈之外的读者来说，是看不懂的方言，一时难以进入"语境"。

初看书名，大多数人会以为是一部教育题材的小说。读完全书，你才明白"秘卷"不仅仅是指决定学生命运的试卷，在这部长篇小说之中，作者巧妙地隐喻了很多鲜为人知的黄冈秘密。

通读全书，可以围绕书中反复提到的三本书《黄冈秘卷》《组织史》《刘氏家志》来分析，这三本书分别可以对应三个价值坐标，进而展开书中丰富多彩的隐秘故事：

一、《黄冈秘卷》及其隐秘的故事

这个话题，从北京的高中生北童（少川之女）痛恨《黄冈秘卷》引出来。引出了背后的高考神话——黄冈中学，以及两度沦为高考落榜生的紫貂和她丈夫老十一刘声智，他们靠着关系运作，在全国发行教辅《黄冈秘卷》而大发横财，进而与"本县"主官勾结，在修南门大桥、买红旗轿车、发退休工资等方面进行利益交换。

《黄冈秘卷》书中的主要人物之一的"老十一"刘声智，是唯

利是图和精于钻营的"代表",他先后娶了六个老婆,但是苦于没有子嗣,不能出人头地。书中的老十一和老十哥,是堂兄弟,也是人生的竞争对手。

《黄冈秘卷》,是决定着无数学生命运的试题集,也是决定着老十一和紫貂夫妇的"钱袋子"。具有讽刺意味的是,编写者是高考落榜生紫貂,而不是出自黄冈高中名师之手,使用者是未来的北京大学中文系学生北童们。

《黄冈秘卷》是中国现行教育制度下的畸形产物,也是市场经济下的畸形产物,是不能摆在桌面上明说的一条黑色利益链,解剖现实官场腐败的"标本"等等,总之是多重错位的价值坐标。

二、《组织史》及其隐秘的故事

1992年,县里编印的一本《组织史》,其中记录了"本县"工作的两个黄冈县籍干部:刘声志和王朤。刘声志,也叫老十哥,享受副县级待遇的离休干部,是书中"我"——作家刘珀惇的父亲。他是黄冈县上巴河刘家大塆走出最大的官,也是老十八要续修《刘氏家志》中的旗帜性人物。王朤,老十哥的黄冈乡党,也是多年工作中的好搭档。晚景凄惨,丧妻,子女不在身边,癌症患者,贫病交加而死。

《黄冈秘卷》书中的主要人物之一的"老十哥"刘声志,是一个公而忘私、正直执拗的黄冈人,一生兢兢业业工作的基层领导干部,是"我们的父亲"。那一代人永远相信组织、依靠组织。为了革命事业,他放弃了和海棠的爱情,甚至不惜成为海棠和海若的"仇家"——杀了对立阶级的"准岳父"。新中国成立后,为了"本县"水利建设事业,多次服从工作调动,吃苦在前,带着全家

颠沛流离。晚年，为了"本县"的修桥修路事业，甘愿放弃了住宅而成为拆迁户。

《组织史》，是"本县"干部的政治生命史，也是他们的光荣奋斗史，代表着中国主流社会的价值坐标。

三、《刘氏家志》及其隐秘的故事

全书立足于黄冈县上巴河刘家大塆，展示了普普通通的刘氏家族百年兴衰史。以老十八要续编"民国"二十二年之后的《刘氏家志》为叙事线索，主要人物同年同月同日生的刘声志和刘声智，"一个是在组织面前不说二话，一个是钻进钱眼里只闻铜臭不知花香"（第416页），七十多年来一直是明里暗里的"敌手"。刘声志是组织的人，不愿意搀和家族史编写。而刘声智是体制外的人，虽然经济上发达了，但苦于没有子嗣和"辉煌"载入家族史。

《刘氏家志》，是一部普通的家族史，代表着传统的家族势力，代表着乡土中国的价值坐标。

四、林家大塆和姜家冲的两姓隐秘故事

1. 黄冈林家大塆"林老大的弟弟"的隐秘：

"回龙山一带最吸引人的传说，与一九七一年九月发生的一起坠机事件密切相关。""当年修建的那条高等级公路，分明是将回龙山上的龙头岭活生生地劈开了。"（第81页）

2. "本县"姜家冲姜姓是江姓的隐秘：

"少川到县里来是为了一桩颇为隐秘的公事。""少川从北京下来，是要进行一项调查研究，这项调查研究的线索来源于姜家

冲……"（第451页）

"以现在的姜家冲为中心的一带，对外以姜为姓，但在人死之后，都以姜江为姓刻在墓碑上。""由此可见婺源江姓可能是由姜家冲外迁的，也可以说姜家冲是婺源江姓的祖宗之地"（第454页）

五、全书涉及"嘿乎嘿"的黄冈文化隐秘元素

书中反复出现的黄冈方言：嘿乎、不嘿乎、嘿乎嘿。

书中反复出现的黄冈儿女称父亲为"伯"，据说是源自鄂西巴人文化影响。

书中反复出现的黄花岗七十二烈士之一的林觉民的《绝命书》。

书中反复引用苏东坡《新生洲》中的两句诗：

"三江自此分南北，谁向中江是主人。"

苏东坡的黄州情结，以及东坡赤壁的传奇故事。

老十哥家过去赖以充饥的野芹菜，即"蕲"字的本义。

老十一的拿手好菜：天下美味巴河藕汤……

六、值得商榷的两个内容

1. 对历史人物书写，还得尊重历史

《黄冈秘卷》书中"林老大的弟弟"的负面形象太多了，包括：北伐时期从武昌带回来一袋银圆，设计送回家添置了铁织布机；抗战时期护送林老大一家秘密撤退到长沙；新中国成立后进京陪林老大解闷的郑姓织布师，后来转业为副营职军官等情节等等。不知道有多少可信成分？毕竟，这是中国现当代史上一个重要的历史人物，笔下不可不慎重。

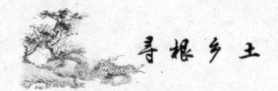

2. 对地理标志产品书写，还得尊重历史。

所谓地理标志产品，是指产自特定地域，所具有的质量、声誉或其他特性本质上取决于该产地的自然因素和人文因素，经审核批准以地理名称进行命名的产品。而《地理标志产品保护规定》，自2005年7月15日起施行。

巴河九孔藕为鄂东四大名产之一，此藕自明清以来被列为朝廷贡品，产自浠水县巴河镇芝麻湖。

而《黄冈秘卷》一书中宣称："天下的莲藕只有巴河莲藕为最好，刘家大塆的小秦岭下面藕塘里的莲藕又是巴河莲藕中最好的。"（第11页）刘醒龙先生热爱自己的家乡，乡情可以理解。但是，书中所写的黄冈县上巴河刘家大塆，是否有意回避了浠水巴河藕的真实历史呢？

44　品读《金瓶梅》

多年以前，我遇到"补读平生未见书"一句，觉得极好，这句话便成为我的座右铭。和古代博学鸿儒相比，我生怕愧对母校授予的学位头衔。浪得虚名不为做官，就得踏实补课。

读研期间，我通读了繁体竖排版《唐诗三百首》，也仿造了一些"诗句"，为我后来制作新闻标题铺垫上了一层唐宋味儿。读博期间，我通读了《孙子兵法》《道德经》《六祖坛经》，尤其是后两本书，一佛一道，改造了我过去儒家思想主导的思维。另有好几本书，我没有读完，至今还欠着债：《古兰经》《圣经》《孟子》等。这其中，还有一本就是《金瓶梅》。当时只读完人民文学版上册，而下册匆匆翻过，没有静下心来读。

人到中年，这些年来，我渐渐有了"还债"的心理，欠父母的养育债，欠未读的书债和未竟的文债，当然还有七七八八的情债……

无意之间，我在上下班地铁上写成的《门前的花椒树》《巴河古渡口》等文字，一次次还了欠故乡和欠故人们的"情债"，码成了两本散文集《留住乡愁》《回望故乡》。

写作之旅，让我"沿途"看到了不一样的人生风景。与此同时，循着方言写作的路径，让我又想到了未读完的《金瓶梅》一书。于是，从2017年8月某一天起，我用业余时间展读《金瓶梅》。因为这是"臭名昭著"的"黄色小说"，我不敢带到路上和办公室看，只好放在家里，早晚和周六日"挤"时间读书。

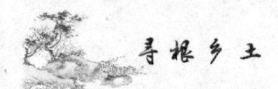

不必贪求快,每天一两回,生僻字词划出来,方言考究一番,精到的诗词、谚语、歇后语等记录一下。书读过之处,有铅笔留痕,有字典翻阅,也很享受。

我相信,滴水穿石,久久为功。这不,到国庆节期间,前后100回、共计112万余字的《金瓶梅》读完了。在不知不觉之中,我熟悉了鲜活的两大坏人西门庆和陈经济,爱上了温柔贤惠的美女李瓶儿,自然对邪恶的美女潘金莲和庞春梅是痛恨得不行……

世人大多只知道研究《红楼梦》的学问叫"红学",而鲜有知道研究《金瓶梅》的学问叫"金学"。

别以为我看《金瓶梅》是"臭流氓"。我斗胆说一句,敢说自己是研究《金瓶梅》的,肯定是大学者,流氓到不了这水平。如果你非要说,学者文人也是流氓,那就改口叫"风流"更恰当些。

清人张竹坡评点《金瓶梅》读法108条,其中两条是这样写的:"凡人谓《金瓶》是淫书者,想必伊人只知看其淫处也。若我看此书,纯是一部史公文字。""《金瓶》必不可使不会做文的人读。夫不会做文字人读,真有如俗云:读了《金瓶梅》也。会做文字的人,读《金瓶》,纯是读《史记》。"

"读《金瓶》必须置香茗于案,以奠作者苦心。"(张竹坡语)《金瓶梅》的作者用了上百万字,讲了一个男人西门庆和6个妻妾的故事。西门庆是大商人、大恶霸、大官人(五品),他在当时处处混得开,左右逢源。官场上他可与京城的高官拉关系,自己靠拉关系做上了相当于地市级公安局长;生意场上他开了几个铺子,还派人上杭州、扬州等地贩货。他的府邸就是当地的社交中心、商业中心。

西门庆从流氓地痞起家,从黑帮人物摇身为"朝廷命官"。在

清河县,没有他办不成的事,可以为非作歹,为所欲为。包括京城上下,他八面玲珑,受人青睐。靠什么?送金钱、送女人、替人办事等手段。

西门庆固然很坏,但他还是颇有经营头脑,所以名利双收。西门庆一死,大厦将倾,妻妾离散,家道衰败,被豪强屡屡欺负上门来了,种种不堪,全书将西门大官人写活了。

这本书好在哪里?好在真实,如《清明上河图》一样的明代社会的长卷展现在眼前。西门庆一路走上坡路,官场、商场、情场皆志得意满。100回的故事,每一回都情节生动,每一个人物的对话语言,那么有滋有味有个性,又合乎身份。每一段场景描写,人间、梦境、仙界都栩栩如生。

再看细节,每一个人物出场的服饰打扮都精雕细琢,每一顿饮食的菜品、果品、酒品皆有讲究,每一次看病、占卦、药方的套路都是专业水平,每一次社交活动的民风民俗、礼节仪式都合乎当时环境……

说《金瓶梅》是一本包罗万象的明代生活画卷,乃至百科全书,毫不夸张。全书看似充斥色情和暴力,污浊不堪。细细一看,人民文学版共删了上万字,保护了读者,也免得"学坏"了。

在家翻阅张竹坡点评《金瓶梅》,才知道真才子必须看"天下第一奇书"——《金瓶梅》,我这假才子就凑个热闹。原因是,我很想试做长篇小说,那必须找成功的范本。现当代作家,想来想去没有特别崇拜的,于是还是转向曹雪芹和兰陵笑笑生两位先贤。

《金瓶梅》这一书中人物全写活了,我坚持啃读了两个月,眼前西门庆先生"立"起来了。

西门庆做生意，那全是大买卖，门前开了生药铺、丝绸铺、当铺、绒线铺等等，还雇了商船赴苏扬杭等地交易。不用问，西门氏产业在当地无人能比，当属首富。

西门庆做官员，也是平步青云，从地方上的流氓无赖运作为朝廷五品官员，而且主管治安，相当于地市级公安局长。从邸报上看，官员们年度考核，他是优秀的。他与蔡京等人熟极了，每次都可送礼到位，逢凶化吉。

大凡路过清河县的官员，能受到西门大官员接见，赏酒赏饭那就是赏脸。官商沟通，西门府第是最佳社交场所。西门庆善于外交，不仅大方花费金银，而且重用读书人，包括女婿陈经济、温秀才、应伯爵等人，每次来往揭帖函件，一一礼让周到。

西门府上每一次大型宴饮，从座次、酒类、菜肴（冷菜、热菜）、陪同人员等精心安排，无不妥帖，并令各方满意，足见西门氏掌控格局的能耐之大……

我同意清人张竹坡的评说（读法72条）："读《金瓶》必静坐三月方可，否则眼光模糊，不能激射得到。"对我这样以做文章为事业的人，更要坚持反复读，方能深得其中三昧。

45　开出租的王师傅

昨天中午，我要赶着去见两位老家来的朋友，用滴滴约了一辆出租车，尾号挺好6988。

上车之后，我习惯地问一下师傅住哪里？多大？这对我是有意坚持做的一项社会小调查，也是消除司乘隔阂的"破冰"方式。说实话，出租车司机大多住北京的几个郊区县，很少住在北京核心的城六区。年龄大多50岁以上，原来的职业多半是农民。40岁以下的年轻师傅少，女性更少。

副驾驶座位前，一般贴着师傅的身份标识：姓名和照片。昨天的师傅姓王，和重庆市被抓的风云一时的某领导一字不差。我笑说，重庆市领导的名字呀。他也笑了，他现在可没有我自由呀！

闲聊之中，得知王师傅家在平谷区。我说，您今年五十几了？他一愣，刚四十岁。我一笑，那您长得成熟了，也着急了吧。头上的短发，几乎是贴着头皮，像刚割过的草坪。鬓角上，有几根亮亮的白发，多了沧桑感。他的脸庞是那种古铜肤色，是典型的风吹雨淋过的北方农民的标配。

我和王师傅自然扯起平谷特产——大桃，他说还没到本地大桃生产的旺季，他细细地说了几个品种，我听了也没有记住。我们又谈起平谷金海湖的垂钓故事，他也是个钓友，高兴地扯起那里能钓起的两三斤重的鲤鱼和草鱼。

暑期是北京旅游火爆的时节，一路上还常常堵车，宽阔的马

路上犹如肠梗塞。我们就像老朋友,又扯到孩子。他说,大的是女儿,小的是儿子,开放二胎前就有了。山区农民政策上可以生两个,儿女双全,很知足了。

反正是闲聊,又扯到老人,他说除了父母,还有三个光棍叔叔一起过,一家九口人。我问,怎么那多叔叔没成家?他爽快地答:过去穷呗!娶不上。

王师傅说,没啥,只要人不懒,车一开动,拉点活,每天总能赚几百块钱,饿不着。如今社会政策好,共产党好,农民没有税收。老父亲也是几十年的老党员……

我真想不到,其貌不扬的王师傅的身上,自带正能量,而且是"满满的",真诚的;绝不是那种油嘴滑舌,滔滔不绝"天下大势""中南海内幕"等等的北京侃爷,"满嘴跑火车"的那号人。

有了愉快地交流,说话之间就到了目的地。我执意要用微信付款33元后再下车。开朗的王师傅说,不急,下车付吧,我把单子网上发过去了,再见。

等我下车了,再上滴滴软件,哪里有什么未支付的订单?一点就是新的订单,再点依然如故。原来,滴滴也真有不靠谱的时候,对我还是头一回。

于是,我按上车前通话号码回拨过去,王师傅说发过去了呀?我说,算了,算了,您取消订单收款方式,我微信支付吧。怎么也不能亏欠您,白拉我一趟,哪能行啊?对方笑了,又报了他真实的手机号码和微信名"儿女双全"。

于是,我再拨打过去,确定了身份。微信上跳出一双儿女幸福笑脸的照片,我将33元的红包转过去。对方很快接收后,留下三个字:谢谢您!我又加了几个字:谢谢您,祝平安发财!

46 话说"半边户"

十多年前，我从学校毕业，分配到中国核工业系统一家大型施工企业工作。那是曾经为祖国的"两弹一星"事业做出过贡献的功勋队伍。核工业人，无论是当年战斗在漫天风沙的大西北核试验场，还是内迁到山高路陡的大西南核工厂，以及"保军转民"时期，奔赴海风肆虐的秦山核电站，他们一路走来，风尘仆仆，从青丝走到白头，真可谓"献了青春献终身，献了终身献儿孙"。

他们让我深深地感受到：核工业人是个特殊的群体，核工业人最听党的话，核工业人最富有奉献精神！特别是那些为了国防事业，大半辈子抛妻别子在外工作的"半边户"职工，他们无限忠诚于党和国家，却永远愧疚于家中的上老下小……

我刚参加工作，有幸和这样几位属于"半边户"的"老军工"同事在一栋单身楼同住。他们是我的长辈，大多数人年轻时候当过兵，根正苗红，后来听从党的召唤，投身核工业建设。他们来自五湖四海，聚集在党的红旗下，迅速组成了几十万之众的英雄的核工业队伍。

现在的年轻人，肯定不大清楚什么叫"半边户"，而我最初在基层单位工作的那些同事，大多数是"半边户"。因为他们老家多在农村，参加工作时候有的已婚，而更多的是未婚者，在男多女少且属于02保密单位工作（原来第二机械工业部、核工业部，对外简称02单位），与外界是"绝缘体"，只得在老家农村找老婆成

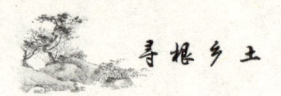

个家。

"半边户"的一半在企业,丈夫是工人,他们长年在外工作,每年只有个把月的探亲假回家,有的因为工作忙走不开,甚至几年没有回过家。孩子出生了,不认识爹。孩子上学乃至成人了,缺乏父亲的管教。老人离去了,他们无法送行……

"半边户"的另一半在农村,妻子是农民。我们同样无法想象,他们在农村的老婆和孩子,承受了多少生活的苦难,失去了多少家庭的欢乐。作为核工业人的家属,他们同样是在牺牲在奉献,他们是同样的伟大和同样的光荣!

记得那时工作之余,我常常和"老军工"们一起吃饭喝酒,听他们唠叨辉煌的往事和烦恼的家事。炒一盘花生米,就一盘他们自己腌的四川泡菜,打一壶散装的包谷酒。然后,邀上隔壁四邻同是"单身"的老同事,支一张小桌,摆几个小木凳。我们就这样热闹开了,在外人看来我们就像一家人。

我很敬重那些老同事,他们一个人漂泊在外,几十年下来,个个练就了一身照顾自己的绝活:人人会做饭、洗衣、缝补,甚至我看见几个四川"老军工"会织毛衣、毛裤。他们更学会了乐观地为人处世。而他们的生活多是清贫的,工资的大部分都按时寄回去养家糊口,算是心理和经济补偿吧!

后来,按照企业下岗分流和内退政策,不少人办理了退休手续回到老家养老。据说,他们大部分人的退休工资不过数百元。辛辛苦苦为核工业奉献了几十年,直到最后离开单位,他们没有给组织提出什么额外要求。听说许多老同志当兵期间就入党了,临走就提一个要求:把党组织关系转回原籍,便于交党费和参加组织生活……

46 话说"半边户"

多少年过去了,我依然记得那些可爱可敬的老同事们,这些普普通通的核工业人,他们像戈壁滩上随处生长的骆驼草和马兰花一样平平凡凡。我们固然不应该忘记曾经为核工业建功立业的领导和专家们。然而,我们同样也不应该忘记千千万万为核工业建功立业的工人们,特别是那些"半边户",那些"老军工"。如果没有他们,同样没有核工业辉煌的昨天和今天,更无法展望核工业美好的明天……

请祖国和人民永远不要忘记,在"两弹一星"光环下,曾经有无数默默无闻的"半边户"功臣们,如今他们垂垂老矣……

47　爱上咖啡

　　幸运的是，我从小有茶喝，鄂东山山水水之间的无名茶树，却最合于我的唇舌和肠胃。而史书记载，自唐宋以来，鄂东就是著名的贡茶之乡。品茶与读书，是父亲教会我的一种恬静独立的生活方式，从乡村到城市，从南方到北方，铸就了我这读书人固有的生活姿态。

　　而说起咖啡，我不记得什么时候开始品尝。很多年以来，我身边没有爱喝咖啡的人士。我参加工作之后，亲朋好友漂洋过海带回的高档咖啡，我也常常忘了坚持喝。一年一年存放着，要么转赠他人，要么就白白挨过了保质期，直到变成垃圾被扔掉……

　　记得乡村的熟人给我讲了一个真实的故事：说是因为咖啡太难喝，看着花钱买的黑褐色咖啡，以为可以像米糠一样当饲料来喂猪。于是，一大瓶的进口咖啡，就这样暴殄天物地倒入猪槽之中。据说，圈子里的猪们整整嚎叫了一个晚上，大概是过量的咖啡释放出来的兴奋功能吧。

　　让我真正学会享受咖啡的，是六七年前在北京顺义中核二三公司总部参加培训，时间大约一个月，课间备有现磨的咖啡享用。因为我们培训的教室，与国际原子能机构认可的国际核电建设培训中心为邻。须知，中国核工业建设集团公司先后为多个国家培训了几批次的核电建造专门人才，全英语教学，连课间的茶点也与国际接轨。

课间休息,看着女同事将咖啡豆现场输入机器,不一会就有浓浓的热咖啡流淌出来。纸杯还没有端到手上,那咖啡的香味就飘了过来,闻着就让人充满期待。再加上一小包白砂糖调好,喝到嘴里,还有那么一丝丝的苦味,的确比那种速溶的咖啡要纯正得多呀!

时至今日,我想努力地回忆当年培训过的一些内容,竟然大多忘却了。但是,中核二三公司喝过的现磨咖啡,我至今还会想起,还会念着,甚至馋着那一口浓香的味道。后来,我再到中核二三公司出差,哪怕请去讲党课、讲新闻写作,却再也没有现磨咖啡喝了。是不是因为落实中央八项规定而取消了呢?我哪里好意思问东道主,那就把小小的遗憾藏在心间吧……

后来,我认识了从中核二三公司调入集团公司的书法家李建先生。天长日久,彼此熟悉了,就常常到他的工作室坐一坐,欣赏一下他的书法、油画、国画和篆刻等作品,听他海阔天空地谈谈艺术,一下就驱散了日常工作之中难免会有的沉闷和无趣。

真正搞艺术的人,个性鲜明,甚至有一些特立独行的生活方式。只有来了朋友,哪怕最忙,李建先生会立马放下手中的毛笔,搁下正抽的香烟,为你冲泡一杯咖啡。时间久了,我留意到,他一边用带托的纸杯接上烧开的矿泉水,还一边用勺子为你缓缓调好,如同书画家调墨汁、调油彩一样全神贯注。

艺术家的手,绝对是灵巧的。说来奇怪,经过李建先生调过的咖啡,味道竟然出奇地好喝。我身边很多同事,不一定说得出大师的书法作品好在哪里,但是一定记得他冲泡的咖啡香,那种久久难以忘怀的——香。

为什么书法家调出的咖啡好喝呢?难道是咖啡也沾染了艺术

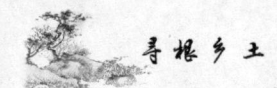

气息吗？据说，李建先生是在深圳的核电工地上爱上了喝咖啡，从此一发而不可收。至今，他每周都要到超市挑选上等的咖啡，这也成了他招待朋友的一道特色饮品。连每天轮流到他工作室打扫的保洁人员，临走他都要友好地塞上一两包小袋咖啡，像朋友一样对待……

　　世界上任何一种艺术，本质是情感的表达，是真实不虚的爱。艺术家有大爱，他的作品才会散发永恒的魅力。如果这样来解读的话，经李建先生调过的一杯咖啡，是不是也算是艺术家手中另外的一种作品形态呢？

　　人到中年，我才慢慢品出咖啡的味道，如同故乡清新的绿茶一样，深深地爱上它。

48　您在家乡还好吗

黄师傅是我20年前的入党介绍人，大名黄忠，甘肃临夏人，和《三国演义》中的蜀国"五虎上将"之一的黄忠同名同姓，名如其人，忠诚老实。他年轻时候从部队转业就是汽修工、中共党员，经组织严格挑选，进了二机部一〇二公司当工人。后随企业转战西南三线，由甘入川。20世纪70年代，为建设位于湖北宜昌大山深处的核工业八二七工程，又由川来鄂。

我大学毕业分配到核工业华昌公司。1995年10月，我从汽驾培训队调入机械化分公司办公室。黄师傅那时已五十多岁，早已转岗为单位门卫。他的办公室在一楼，隔壁是公安科值班室。他每天负责大楼进出人员登记和安全，楼前场地和大厅卫生，还给会议室、接待室、班子成员办公室挑送开水，一早上要灌好一二十个暖瓶。

后来，单位经济效益不好，通讯员岗位精减了。作为部门负责人的我，试着和他商量兼职。他只说文化低、眼花了、怕搞错了。我说，大家都会来帮您。这样，他又每天下午跑邮局，收发报纸、信件。年纪大了，他要戴上老花镜，登记挂号信和汇款单……

我们开始共事的时候，黄师傅头顶完全秃了，满脸的黑胡茬，他的下颌骨有点突出，牙齿镶了好几颗，很有点像革命导师列宁的模样。他有浓重的甘肃口音，嗓音低沉，起初听他讲话，真是很费劲。我总要竖起耳朵，如参加英语听力考试。后来熟悉了，我就"精通"了，甚至可以为他当"翻译"了。

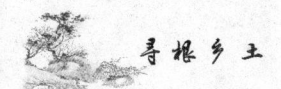

黄师傅是单职工,也就是过去说的"半边户"。办公楼进门不足10平方米的办公室,还是他的卧室。一张旧桌子、一张床、铁锅、泡菜坛子,以及生活杂物,就是他在外几十年的全部家当。我问过他,怎么不把家属接过来?他说,没有房子住,来了怎么办?环顾单位四周高高低低简陋的棚户区,就是当时解决不了家属户口的单职工住所,还不如周边的农舍,令人心寒……

大约1998年下半年,黄师傅要请探亲假回家,说是老婆子病了。按说,单职工年年可休探亲假,长达一个多月。家在南方的单职工,多半赶着"双抢"时节回去帮着收割水稻。家在北方的单职工,选在收割小麦等农忙季节回去。因为门卫岗须24小时不离人,黄师傅好几年没有休假,他说少回去还可以省点路费汇回去。

实际情况,那时单位效益跌到了低谷,连发基本工资都困难,绩效工资最低时上级核定为1%。我是部门负责人,核定岗位绩效工资最高为720元,每个月拿到手还不足400元。更要命的是,那一年前后差不多拖欠了10个月的工资。老婆至今笑话我,要不是丈母娘家养着,我们一家早就饿死了……

黄师傅那一次探亲回家,还从公安科同事那里借了钱。当年中秋节,工会好不容易给每人发了一箱苹果。黄师傅人不在,苹果只好放在办公室里间的库房里。刚放进去没感觉,个把多月之后,浓郁的苹果香味飘出来,好像走进了果园。同事们说,家里的苹果早吃完了,谁知道放放还有这么好的享受。

再存放一段时间,苹果香味就一天天淡了下来。鼻子尖的同事说,好像还有酒味飘出来。于是,我们这才打开纸箱子,从上到下翻看一遍,果然有一两个苹果开始腐烂了。后来每隔几天,同事帮着挑出坏苹果扔掉……

其间,黄师傅打来长途电话,要求延长一下假期,说家里事情走不开。等他回来上班的时候,冬天来了。那箱苹果烂了一半,幸存下来的蔫得皱皱巴巴的。再见到黄师傅的时候,过了两个多月时间,他像是一下就老了很多,人也瘦了,白胡子茬丛生,也不收拾……

头一天下班了,我走进黄师傅的小屋,抓个小木凳坐下来,他坐在床沿上。我问他家里怎么样?老伴怎么样?他低下头,掏出烟。"叭叭叭"打火机点燃,那种一块多钱一包没过滤嘴的香烟。他大口大口地抽烟,不一会小屋就弥漫成仙境了。他淡淡地说,老婆子没了。女儿倒是好说,出嫁了。儿子初中没有念完,死活不上学了。没有成家,还非要跟着来。来了,单位效益不好,又安排不了工作,咋办?好说歹说,让他叔、他姐帮着摁在老家过日子吧……

我听着,心里也堵得慌。随后的一段时间,我留心起黄师傅的日常生活。他的小屋里,撮箕里的烟头多了,那种十斤一壶的散酒打得勤了。我劝过他,少烟少酒。他说每天恍恍惚惚,像是做梦一样。一闭上眼睛,就是老婆子和儿子,一夜夜睡不着,只好把自己灌醉才好受一些。每天至少两顿酒,一天一两斤高度酒,烟两三包还不够抽……

大约半年之后,黄师傅的生活表面上总算恢复了平静。听说老家还有热心人给他张罗找个老伴。他苦笑,摇摇头说,咱经济条件不好,找什么找?说起来好听在外面当工人,吃国家饭,还不如当地条件好的农民,咱别丢人啦……

1999 年后,华昌公司落实减员增效、下岗分流政策,大批职工被迫离开了单位。过了 50 岁的单职工,原则上在被"裁员"之

列，按内部退养政策办理。当年，满怀激情投入核工业建设，服从组织安排，无怨无悔。眼看着要退休了，竟然被"打发回家"，叫人一下怎么想得通呢？

那时候，老百姓管分流政策叫"一刀切"，黄师傅的名字自然也"打入了另册"。然而，领导班子反复研究，工资不能按时发，像"大老黄"这样忠于职守的门卫，到哪里去找呀？下岗过程中，各种矛盾突出，还有个别职工闹事的。唯独没有人眼红黄师傅的岗位，他就得以继续留用。过了55岁，他办了退休，还接着返聘。过了60岁，他还愿意干，接着返聘……

2001年9月，我接到国家统招研究生录取通知，需要脱产到外地读书，只好办理了辞职手续。每年寒暑假回去，我都会摸到办公楼，找黄师傅坐一会，陪他说说话，甚至一起因陋就简喝两口小酒。

2004年毕业以后，我先后在武汉和北京上班，为生活奔波，一家人的户口本换了两三个，真叫自顾不暇。春节假期，我才回到华昌公司生活基地住几天。只要回去，老领导的家门我未必会进。但是，我总要去看看黄师傅，递上一条烟、两瓶酒，表达我对老同事的敬意，还可以给我的入党介绍人汇报一下工作和生活进展……

真记不清楚，黄师傅是哪一年离开单位的。记得他曾和我提过，出来几十年了，一晃快70岁了，儿子和姑娘不放心，总来电话催他回家养老。家里外孙有了，儿子学了皮匠手艺，日子过得去，也处了对象……

黄师傅比我父亲大几岁，如今快80岁了，不知道身体怎么样？遗憾的是，他回农村老家去了，我们没有留下任何联系方式。如今，真想给他打个电话，听听他的声音，对着手机听筒大声说：黄师傅，您在家乡还好吗？

49　品味散文

这一两年来，我无意之间在地铁上挣扎着，用手机和闲着的大脑，落实"我手写我心"的主张，在微信中完成了几本散文集。从《门前的花椒树》《巴河古渡口》开始，想不到借助朋友圈的力量，引发了一些关注。然后，我就有意读读书，规划着创作了一批怀念故乡的散文。

2016年底，我试着结集出版了第一本散文集《留住乡愁》，销量过了五六千册。乘胜追击，2017年我日积月累地完成了又一批散文，同年9月底出版了第二本散文集《回望故乡》。

孔子说过："学而不思则罔，思而不学则殆。"学习和思考是事物的两个方面。写作是思维转化为文字的过程。而要想保持旺盛不衰的创作势头，必须要持之以恒地学习，否则就会陷入黔驴技穷、江郎才尽的境地。

"问渠那得清如许，为有源头活水来。"散文写作的过程中，我也渐渐发现了自己的功夫不足。于是，找老师、找教材、找素材，逼着我不断向前迈进。

过去，和大多数人一样，我对散文的认识仅仅停留在课本概念上，停留在"形散而神不散"的说教上。印象深刻的是，我认识了《从百草园到三味书屋》《藤野先生》的鲁迅，《荷塘月色》《绿》《背影》的朱自清，《荷花淀》的孙犁等作家。大学期间，我转而关注了女作家张爱玲的散文和小说。前些年，我断断续续阅

读了邓拓的《燕山夜话》、余秋雨的《文化苦旅》、梁衡的《觅渡》、季羡林的《牛棚杂忆》等散文作品。

很幸运的是,我在湖北宜昌工作8年间,认识了散文家韩永强和甘茂华两位好老师。他们在不同岗位上勤于笔耕,那些个性化的文字散发着无穷的魅力,牢牢地吸引着我,也深深感染着我。他们是引领我走上散文自主创作道路的良师益友!

应该说,从机械专业转为新闻专业之后,我习惯了白手起家式的学习,习惯了集中打歼灭战,而不是散乱的游击战。散文学习,高峰在哪里?这是我首先要解决的问题。

我的直觉是,应该在民国期间,在学贯中西的大学者之间寻找。今年上半年,我陆续找到了苦雨斋主人——周作人先生,找到了黄梅籍的废名先生(冯文炳),找到了描写湘西风情的沈从文先生等,我尽可能收集了他们的作品集。这些散文家,本身还是大学教授,是某些领域的知名学者,自然是我仰慕的大师。

前不久,我在旧书店发现了一套辽宁人民出版社的《唐宋八大家散文集》,赶紧欢天喜地买下来。"文章千古事,得失寸心知。"这八位散文名家的七八百篇散文作品,又成为我手头最好的范文。

随着学习的深入,我的散文认识也更加立体了:散文不像新闻报道体裁,情之所至,不排斥局部的艺术加工成分,只要符合读者审美心理的接受尺度就可以。但总体而言,散文还是应该以真实为主,否则那就不如叫小说写作、剧本创作了。是的,每一种文体应该有学界普遍认同的"文体规范",作家下笔之时也该有相应的"文体意识",否则就是信马由缰,沦为文字的游戏了……

50 回乡村居散记

趁着一周休假的工夫，我乘上比动车票价还要便宜的卧铺列车，夕发朝至，打个鼾做个梦，醒来就能呼吸到湖北地界的新鲜空气。

母亲健在，老屋依旧，还有哥哥在身边照料，我只是远远地牵挂着。有了这些条件，我回家就是挺幸福的，也是很有必要的。

这一次，我坚持歇了三天四夜，陪着母亲住下来，就当自己是农村留守大军之中最不起眼的张三李四，彻底放下城市里扮演的体面或者不体面的角色。同时，我谢绝了亲朋好友的邀约，像一条小鱼小虾躲进深水中，甚至将身体塞进不易发觉的淤泥里，安安静静地住上几天。

母亲腰身弯了，行走很有些吃亏。但是她哪里闲得住，勾着腰身，家里进进出出。一会说，把剩下的一点煞尾的棉花卖了，每斤3块钱。一会儿，买回几斤猪肉，说附近垸有人家办酒席用不了的半边猪，开着小三轮送货车到处卖，12块一斤。一会儿，提着白色的塑料桶，要到田野掐点小白菜回来……

哪怕在家里，母亲也是手不停空。灶上做饭洗碗，抹堂屋的桌子椅子，拿起扫帚打扫卫生，家里东西检个场归到位，诸如此类。在我看来简简单单的事情，似乎可做可不做的，她却固执着自己的规范，非要做完不可，仿佛赶着农时非要"抢插八一秧"的抓紧劲头。是的，母亲的眼里总有活儿，整天忙忙涉涉的，一辈子任劳任怨的普通的劳动妇女。

其实,母亲从小培养了我的生存能力,特别是下厨舞饭。这次回去,我还是愿意帮帮厨,像做伢时候一样,帮她烧烧柴火,帮她端端灌满开水的保温瓶。因为用惯了煤气灶,在土灶大锅面前,我的那点手艺还不大灵光,母亲也极不愿意交出"掌勺权"。

母亲做饭做菜很讲究。秋天正是吃莲藕的季节,拉到门口来卖的七八节长的本地藕,两块五一斤。她说,藕片要切薄一些,最好刮皮,大火炒,出锅前撒点葱花,吃起来脆,还甜。至今回她娘屋鲁湖村,舅舅总要请她炒一盘藕,说像家婆在世的味道,好吃,也下饭。舅母不大服气,说不就是多一道手续,打去了藕皮再炒吗?

本来是主人,因为在外面工作久了,回来稀少了,母亲就把我当成了客,生怕没有好吃的,留不住"远路客"。她说,舞包面吃吧,么样?我说,太费力费事,还不如吃点挂面是一样的,何况我身上肥肉多了呢!即使是这样,她总要在滚烫的油锅中,煎上两三个如鸽子蛋大小的土鸡蛋,直到蛋白由黄煎成红色,再添上一瓢水来煮汤,等水开了再下一堆拌上嫩肉粉的瘦肉丝……

大米饭,锅巴粥,这是鄂东农家一日三餐的饮食习惯。待到米饭煮个六七成熟,用筲箕沥起来,要蒸的米饭在上面,熬粥的米汤存在下面的陶制大钵子。炒完几种青菜,米饭再泄上凉水,在锅中蒸两三个柴把子。闻到饭香飘出来,那是因为和铁锅接触的一层米饭变成了黄色的锅巴。锅巴倒入米汤,再烧一把子火,那就是游子们念热了嘴的锅巴粥。

吃完饭,我抢着要洗碗。母亲说,算了,别糊了手,灶上"赖死了"(不卫生)。她说,自己做伢的时候,她的婆(奶奶)也是这几句话,叫走开去玩,舍不得她动手。据说,老人生了十多个子女,存活的就有八女二男,九十多岁才过世。就是放在今天,乡村

如此高寿还是罕见的,何况在半个多世纪之前的艰难岁月呢?

晚饭,就在电视机跟前的小圆桌上吃。母亲爱看《新闻联播》,她习惯了看中央领导开的各种会议和外事活动,就像关心村里熟人的新鲜事儿一样热心。最让她关注的还是天气预报节目,看了湖北台的,还要看中央台的,重点是武汉、北京、上海等星散着亲人的城市气候变化。

这次回乡,我带回了几种治疗腰椎和颈椎疼痛的膏药。我分别拆开来,为母亲贴在后颈和后背上,希望能缓解一些症状。特别是武汉的毛阿姨赠送的艾灸设备,我为母亲试用一番,并按摩她身体疼痛的部位,她反映说效果还不错。

说来惭愧,以前我更关心自己的学业和事业进步,忙得昏天黑地,哪里体会到父母在渐渐变老,他们对我们有从不愿道破的感情需求?等到我们为人父母之后,慢慢懂得了生活的真实内涵,才醒悟到年少追梦的些许荒唐,犹如儿时追赶过的一串串五颜六色的肥皂泡……

回到乡村,闲居几日。暂且放下了日日相伴的书本和写作,暂且中断了朝九晚五挤地铁的节奏。给自己踏踏实实地放几天假,陪母亲搭搭嘴儿,听听她讲过去的故事,问问她养老的想法,帮帮她改善生活,这也正是我们做儿女的本分呀!

51 伤逝

这次回乡，听熟人说，原来我所在大队的小凤（化名）死了，竟然在大路上喝下农药，就是今年夏天才过去的事情。我不禁黯然神伤。

我大概二三十年没有见过这位阿姨辈的奇女子了，她应该过了六十岁。不过，留在我记忆中的她，还是年轻时候的模样，留个假小子的短发，头发一根根黑滋滋的，背影和头型也挺好看。

她的皮肤白净，一双眼睛水灵得好像能说话。她的脸上总有浅浅的笑意，一看就是面慈心善的女人。脚下从来没穿过高跟鞋，连女式的花布鞋也没见过穿，主要是七八十年代农村男女都穿的那种黄球鞋，大大方方的，没有性别差异。她走起路来一阵风，像是那种风风火火上战场的先锋。

我认得她的时候，她嫁到我们大队应该不算长，负责在大队"驾（方言念嘎）机子"，职责就是为老百姓"夹米"（稻谷加工成大米）和"夹麦"（小麦加工成面粉），按照重量来收费，很公平很廉价的公共服务。遇到没有现钱的困难人家，乡里乡亲也不怕赊账，先在本子上记个流水账，搁到年底再说也不迟。有超支户儿，拖几年结账也算正常的。

应该说，当时除了大队干部、小学民办老师、独家商店店员、唯一的医务室赤脚医生外，管理加工粮食机器的两三个师傅，也算

是乡村很体面的手艺人，比纯粹种田的大耳朵百姓总要强一些吧，也受人尊重。

小凤的丈夫，一表人才，退伍军人，还是党员，回来当过大队的民兵连长兼团委书记，是公认的老实人。可惜好景不长，上级要求精简干部的时候，他就一声不吭地下了，回家种田当个普通的农民。倒是人人都夸小凤能干，口碑好，还留在大队继续工作，没有受丝毫的影响。

在我的印象中，小凤大约有一米六的个头，中等身材，从来没胖过。按说，她怎么都是一个弱女子。但是，数九寒冬，男人们摇不着火的大柴油机，换上她一上手就不一样了。

只见她右手有力而飞快地摇动几斤重的大铁摇把，左手同时别着机器的进气口开关，不大一会儿，机器"突突突"冒出黑烟，着了，神了！一旁存心看热闹的男人们，最后落得"脸红脖子粗"的窘态！

其实，农村加工粮食的活儿，很脏很累。一天到晚戴着口罩，行走在各种粉尘和机器噪音之中，有时头发、眉毛、胡子都是白的，不是常人所能忍受的。遇上机器出故障，还要担负一些力所能及的维修活儿，难免还会沾上一身油污，挨到下班才能回家去替换。

这是我不能忘记的场景：劳动一天之后，小凤和男同事们肩头各自搭上一条毛巾，手里拿着一盒肥皂，到附近的池塘边拍拍满身灰尘、搓搓手、洗洗脸，再换上干净的衣服回家去"过夜"（吃晚饭）。如此周而复始，一年又一年……

小凤在本大队有一双儿女，后来不知道什么原因就过不下去了，离婚了。她往前走了一脚（再婚），找了县城附近的第二个男

人。据说要比她大十多岁，又生了个儿子，正好圆了老男人前头有女无儿的梦。可惜，男人过不了几年就害病死了。还没有成年的儿子，只好交给男人已出嫁的女儿，由她接去抚养，那是他们家的"细种"。

据说，后来小凤在外打工期间，认识了第三个男人。本指望找个白头偕老的伴儿，可是相处不到一年半载的工夫，连个结婚的手续都还没来得及办，男人就检查出了大病，只好"棒打鸳鸯散"了。无奈，她回到第二个男人留下的老房子暂住，没过多长时间，竟然产生了轻生的念头。有人说，她身体也垮了，一下就苍老得厉害。

当众人接到她平静地用手机发出的"死讯"，匆匆找到附近的大路边，人已经咽气，身边是一瓶打开的剧毒农药，"过脚"（死）多时了，只好办后事了……

许多年来，留在我心中的，肯吃苦又肯干的小凤，像替父从军的英雄花木兰，又像指挥杨家将的女主帅穆桂英，是那种不甘于被命运摆布的倔强女子。她的形象是正面的、饱满的，也理应受人尊敬的。

但是，我怎么也想象不到命运对她会如此不公：离婚、丧偶、自杀。以她一贯的好强好胜，怎么也该有幸福的生活呀？

白居易有诗句："大都好物不坚牢，彩云易散琉璃脆。"转念一想，很多人也许恰恰就吃亏在天生的个性上，又受一时一地客观条件的种种束缚，最终只好屈从认命。

常言道：凤凰落毛不如鸡，虎落平阳被犬欺。假如小凤不那么强不那么倔，愿意向现实生活低低头、示示弱，也许她还好好地活着，过着风平浪静的日子。可是，真那样苟且就不是她了，假设的

条件不成立!

　　唉,生活是一道难解的方程式,徒唤奈何?

　　听完小凤的故事那一刻,我愣住了。眼前,好似刹那间天昏地暗,目睹一群天兵天将下凡来,接走了我儿时女英雄式的人物。而我,赶紧揉一揉朦胧的双眼,分明有泪花在涌动,还往外冒着热气儿……

52　闲话沙发土豆

多年前，我看了一则新闻：退休下来的美国前总统克林顿，每天成了"沙发土豆"。所谓沙发土豆（couch potato），指的是那些手握遥控器，身子蜷在沙发上，无所事事，跟着电视节目转的人。据查，这个词语就诞生于美国。而一个人长时间或坐或卧沙发上，就如土豆"种"在地上不挪窝，时间长了，缺少运动的人，势必就像土豆一样长得圆滚滚的，越发臃肿难看了……

俗话说，大哥莫笑二哥。自从我在北京安顿下来，靠银行贷款总算有了属于自己的一处房子。小客厅布置了一条长的拐角沙发，成了我这个"土豆"的安乐窝。像家中的一角布置了狗舍或猫窝，顺应了小动物的需求一样。尤其是沙发拐角之处，颇像一张量身定做的床铺，我倚靠在上面看电视、看书报、看手机。一旦懒散地躺下来，客厅就变成了卧室，做梦比床上还要来得惬意，来得迅速。

人过四十，生活相对舒适了，心境也平淡了，体型就像梨子一样发展，中部凸起。易中天教授调侃过，怀才就像怀孕一样，迟早会看出来。其实怀才并不好看出来，男人的大肚皮却是一目了然的。尤其是各种营养过剩之后，身体代谢功能跟不上，血管之中流动的油脂就黏稠了。只要是体检抽血，血色越发黑暗得像酱油水，又像大大小小被污染的河流一样，"三高"的毛病自然少不了。

吃过三餐饭后，如果没有上班的约束，人朝沙发上一贴，像铁块遇上了磁石，难分难舍。沙发之前有茶几，泡上一杯茶搁着，随

喝随取。再按几下遥控器，像翻书一样，希望找点可看的电视节目。不过，广告总是让人生厌，像下课铃声一样，多次中断了正常的节目观看。

因为手边常备好了书报，目光转移到阅读之后，电视声音就成了背景音乐。于是，很多时候我干脆调到央视的音乐频道，让一些老掉牙的歌曲耳畔回荡，也找点昨天的回忆吧。沙发的舒适度很高，多好的书报也撑不住太久的热情，眼皮容易打架，就想小睡一会儿。只要合上书报，不到一根烟的工夫，倦意就肆无忌惮地袭来了。要是外出应酬归来，一身酒气和二手烟雾，更是容易认沙发为床了，还省略了洗漱等流程，甘愿窝窝囊囊地昏睡过去。

中老年男人往往不经事，但凡电视机一开，随之就无可救药地招来了瞌睡虫，很快会"呼呼呼"鼾声响起。夜半，家人过来将电视机一关，衣服被子刚一盖上身，立马就惊醒过来，好梦也戛然而止。遇到一个人在家，夜有多长，梦有多长，没有观众的电视开着，徒然发出响动，消解着孤独和寂寞的长夜……

说实话，中年男人看电视，远不及女人们专心致志。那些迷恋电视剧的女人们，每夜一集集地追剧，还一边观剧，一边随剧情而情绪跌宕起伏，一次次备尝人生的爱恨情仇，动不动就入戏而忘我了。用女人的话说，现实中总也得不到的那些浪漫和爱情，可以在电视节目中找到心理上的补偿，这就是电视剧的"造梦"功能。

如果说男人要看肥皂剧多半是好色，为了多看几眼某个美女演员，那么女人就不仅仅是看美女，还要看帅哥，以及流行的服装、皮包、发型等等。电视剧的各种场景是女人的又一个生存空间，在其中既能找到现实，也能找到梦幻。因此，高明的电视编剧，一定是最懂女性心理学的。能否吸引女人们的眼球，就代表了电视的收

视率,也代表了电视台的广告价值。

说来令人可笑,不少中老年女人的潜意识之中,还有永开不败的如塑料玫瑰般的少女梦,而老男人就越来越现实,现实得赤裸而苍白,毫无情趣可言。最好的电视节目,对男人来说不过是一场虚空,如同成人童话,经不起一番推敲。男人们宁可被身边姿色平平的女人哄得五迷三道,也不愿意迷恋电视剧的风花雪月。因此,女人属于视觉动物,男人属于触觉动物,这是两个不同星球的生物,决不能混为一谈。

总之,沙发土豆肯定不是一种健康的生活方式。我们必须强迫自己少坐少躺,多运动起来,否则各种疾病会成为"不速之客"。这是否也印证了孟子的名言:生于忧患,死于安乐。

朋友们告诉我,哪怕是每天半小时的《新闻联播》,最好站着观看,或者只听新闻,一边走动一边扭动腰身,这样就不容易犯困。我不是什么老干部,有了随时可翻看的手机新闻,哪里还用得上央视新闻呢?晚饭后,最好关掉电视,到室外走一走,争取更健康的生活方式,不要成为连自己都会嫌弃的糟糕透顶的"沙发土豆"……

53 房子那些事

　　写下这个标题，我先笑了，生怕被人一下联想到"房事"。古人谈性总归躲躲闪闪，男女之事讳之为"房事"，但又光明正大地娶上三妻四妾，好不热闹。今人唯恐不谈"性"，很多网络媒体的点击率，就是在"性暴露"上暗地做文章。如今讨好某个女人，夸她"性感"比"美丽"还要更受用几分。

　　有人偏执地说，如今大城市的高房价，是年轻人最好的"避孕套"，这是瞎话。真要想生儿育女，什么也阻挡不住激情和真爱。还有人说，现在的房价是丈母娘抬高的，这也是谬论。明明是政府的事情，怪人家丈母娘干什么？世间精明的丈母娘们，谁不害怕姑娘耗不起等老了，身价要大打折扣呢？

　　不过，房子那些事，是老百姓生活中的大事，也是人们挂在口头上的焦点话题。有钱人，嘴上动不动爱吹吹，自家在全国乃至全球有几处房产，每月收租金若干万元，冬天住海南，夏天住澳洲之类，比天上的神仙还要快活。那些没钱的苦命人，愁着交租金、还房贷之类，好好的生活被房子搅局了，还看不到幸福的彼岸在哪里……

　　我也是俗世芸芸众生中的一分子，先后住过泥巴瓦房、单身宿舍，还长租过房子，最终咬牙买了房。而这些与"房"有关的甜酸苦辣往事，恰恰是40年来汹涌澎湃的改革开放大潮之下，卑微如我的这等小人物命运的流变史，乃至一部精彩的电视连续剧……

我至今回到乡间小住,有七八十岁以上的老者,还会谈及我家祖上的田产,证明曾经真正地阔过吧。七冲村游家岭山上,据说曾有我家的一座小寺庙,祖辈还有出家的道士。有一年,祖父把家庙破败后的大铁钟拿回家,祖母突然就生了一场大病。请来高人指点,钟归原处,阖家平安。

1937年卢沟桥事变,我家也遭了变故。曾祖父正值盛年而不幸病逝,祖父哪里一下撑得起大家族的天空?变卖田产,光景一年不如一年,勉强度日活命。曾经几进几重有天井的老屋被拆了,代之以两间浅窄卧室和一间堂屋的泥瓦房,这正是我出生时的老屋。我还记得那两扇关上不合缝的木门,出门时一把老式铜锁"哐当"挂上。祖父祖母也是在那里寿终正寝的。

1979年秋冬,父亲在老屋后面,依山就势开挖了一处宽敞的屋基坪,请乡亲们帮忙建造了一处房屋。如今,这见证岁月风雨的老屋还在超期服役,舍不得拆除。仿佛它一旦消逝,等于我家珍贵的历史档案就销毁了。

19岁那年,我考上了大学,转为非农业户口,老家的房产对我就不重要了。用父亲的话说,大山沟中做多好的楼房,不如把子女都培养出去……

大学毕业,我的第一站去了湖北宜昌。当年因三峡工程上马,小小的宜昌城沸腾了。我就业的国企,起初给我安排了一间宿舍,开始两人挤住,后来才专属我的。

"一间陋室,一盏孤灯,照着灯下一个孤独的灵魂。"这是当年我在宿舍中写下散文开头的一段。好在有文学伴我,多少文朋诗友进进出出我的宿舍,也引来了我的恋情。

结婚之后,我又在单位技校教工宿舍住过。一楼潮,二楼漏,

53 房子那些事

搬来搬去，儿子的尿骚总像走进了老酒坊的味道挥之不去。

1997年前后，单位要集资建房，预交5000元押金就像天文数字。那时我月薪不足400元，还是所谓科级干部。两年后，全家就搬进了70余平方的两室一厅新房，总算安居下来了。

待到2004年硕士毕业之后，我的工作单位调整为武汉的一所师范院校。开始住了两年的单身宿舍，后来搬进了一处100平方的学校公房。

然而，好景不长。2008年学校房产要全部出售，用于偿还新校区建设的巨额贷款。内部政策是优先卖给教职工，但必须一次性付清35万元。我那时月薪5000元左右，完全无能为力。幸好，当年秋天，我考上了中国传媒大学全脱产的博士生。于是，壮士断腕，辞职、搬家，妻儿回宜昌，我只身上北京当老学生。

2011年博士毕业之后，在北京短暂住过单位宿舍。等全家进京生活之后，我们只好沦为租房户，在海淀区紫竹院附近，一套阴暗的老房子里将就着蜗居了4年之久。

那4年之中，不足60平方米一室一厅的房子，月租金从3500元涨价到4000元，最后一年是4500元。房东留下的电视机、冰箱、洗衣机都坏过多次，还遭遇过锈蚀的自来水管爆裂后室内一片汪洋……

最不堪忍受的是，房东悄悄挂出售房信息后，多家房产中介轮番带人敲门看房、拍照，简直是无休无止的骚扰行为。其间，几次想换房，奈何几百册书籍太沉了，上学上班的还算近便，就一天天忍气吞声地凑合着住下来。

其间，好多次我想离开北京发展，就是最不济的话，也可以找个湖北的中小城市教教书、混混日子。还是妻的苦苦坚持，工作之

171

余到处看楼盘,从东城到西城,从城南到城北,马不停蹄,反复比较,看上眼的房子太贵了,稍稍便宜的就有各种不好的情形……

2015年5月,我们偶然来到了京郊房山,在一处临水而建、毗邻公园的小高层前驻足了。第二天,10万元的定金,通过POS机上的银行卡完成了无痛"钱"流了。随后,提交购房资料,筹集首付款,办理银行贷款,我就这样一步步加入到浩浩荡荡的北京"房奴"行列。

谢天谢地,在北上广深的房价再度突飞猛进的2016年之前,我已经住进了一套京郊的房子里。最满意的是,有了一间属于自己读书写作的书房,有了孩子独立的空间,从此不必挣扎着考虑逃离北京了……

诗人杜甫早在一千多年前就发出了呼吁:"安得广厦千万间,大庇天下寒士俱欢颜。"曾经,中国的大街小巷上,传出一位台湾女歌手反反复复的吟唱:"我想有个家,一个不需要多大的地方……"

是啊,房子那些事,关乎着一个家、一座城,甚至整个中国的命运。改革开放这40年,多少像我一样的老百姓实现了"安居梦",或者不断在改善住房条件,这是多么伟大的一项民生工程。

家家有本难念的经。房子那些事,哪怕个人有再多的辛酸,不必怨天,不必尤人。回首这40年,一路走来,我们总归是幸福的,也是幸运的,因为我们和这个国家一样在走上坡路,而且还有在继续向上攀爬的"中国梦"……

54　盛世读书梦

40年前，当中国改革开放的大幕徐徐开启之时，我刚好7岁发蒙读书。犹记9月1日那天开学，我穿着一件小红背心，一路蹦蹦跳跳地跨进了校园大门。那是大别山区一所极其普通而简陋的乡村小学——七里冲小学。因为入口没有十分醒目的"男"和"女"标识，第一天我还差点上错了厕所，幸好没有撞上别人。

那时，因为十年"文革"被耽误上学的孩子们，本该上初中的年龄，还拥挤在小学各班级的教室里，参差不齐。每次放学排队，他们动不动爱打架，人高马大，我总是仰望他们如一棵棵挺拔的大白杨……

父亲没有参加高考，连中考的机会也没有。因贫辍学，他只上了半年初中。上一代人的种种人生遗憾，往往会累积成下一代人的"负债表"。上大学是父亲遥远的梦，这就成了父亲的心病，成了他不断苦口婆心教育我的原动力。

20世纪80年代初，还没有实施九年义务教育，连小升初都是残酷的淘汰赛，不少农村孩子上到初中就算是幸运的。我的一位小学同学，没能考上初中，就跟着建筑队外出打工，不幸高坠而身亡，生命就终止在还未及绽放的十四五岁……

在父亲的指导下，我顺利地上了高中，一路绿灯。然而，生逢20世纪80年代末，湖北高考录取率偏低。那年月，考上的就是"吃商品粮的国家干部"，四个口袋的中山装上可以插上一支钢笔，

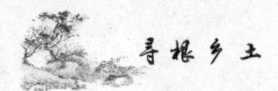

在外工作可以说呔声洋气的普通话,一年四季可以脚穿钉铁掌的皮鞋,直擦得水泥地面火星子直冒……

为了"跳农门",我和同学们并肩作战,愈挫愈奋。遥想当年,各种模拟试卷如雪花般飘来,我们先熟练地涂抹答题卡,再饱吸墨水,笔耕不辍。教室里只听到下笔的沙沙响,像清风吹进了密密的甘蔗林,无数的叶子在摇摆起舞。又像一群蚕宝宝在啃食桑叶,孕育着理想的丝线……

经历过一番挣扎,我好不容易接到了大学机械系的录取通知书。仅仅带上一床棉被和草席,我第一次出了远门,来到了武汉,也就是乡亲们嘴上常念叨的"大汉口"。

我毕业那一年,大学生就业政策有了新的变化,不完全由学校来主导分配,还可以双向选择,自主择业。这样,我就选择离开了生源地湖北黄冈,来到了湖北宜昌的一家国有企业工作。

工作3年之后,我有了进一步学习深造的念头。不过,20世纪90年代全国硕士研究生报名材料,必须要单位领导签字同意,还要组织人事部门盖章。那时,国有单位的人事制度是相当僵化的。一方面企业进人卡得紧,另外一方面放人卡得更紧。大多数员工是"一条道儿走到黑",就是你本事再大,也无可奈何。

我听说过,有人偷偷花钱私刻公章,还有人假冒其他单位员工报考研究生。而我当时是办公室负责人,在承诺不耽误工作的前提下,利用业余时间来报考。和父母同龄的主要领导被我的"上进之心"所感动,就破例答应签字了。

因为我是跨专业报考,不是一帆风顺。但是,年轻的我自信满满,坚持报考,并放弃了多次可能提拔的机会。几年之后,终于等到了"云开日出"。29岁那一年,我接到了南方一所大学新闻系公

费研究生的录取通知书。

为了梦想，我主动辞职，脱产读书3年，充分享受了难得的回炉读书的种种快乐。硕士顺利毕业后，我应聘到武汉的一所高校工作。当时，那所学校正由成人高校变更为普通高校，而且郊区的新校区大规模扩建，招生规模成倍增长。

正所谓"天降大任于斯人也"，我先后担任了新闻教研室主任、广告教研室主任，承担了多个班级的10门不同课程的教学，还有科研课题和指导学生实习等任务，忙得不亦乐乎……

大学是个做学问的好地方，高校普遍鼓励年轻教师攻读更高的学位。于是，我又先后报考过多所知名学府。在高校工作4年之后，我幸运地被北京一所著名大学录取为博士生，插上了梦想的翅膀，又一次辞职全脱产上学，负笈北上。

第三次毕业后，我有幸留在北京的一家国有企业工作。服从组织安排，我先后在企业党的建设、新闻宣传、企业文化等岗位上工作。业余时间，我还是坚持读书和写作的惯性，先后完成了三本故乡系列散文集《留住乡愁》《回望故乡》《寻根乡土》，让自己的内心更饱满，让自己的生活更充实……

再回首，往事如梦如烟。我怀揣着读书梦想，一路狂奔。感谢这个伟大的时代，不断在改革，不断在开放，让我们每个人的梦想不断会实现，人生更加出彩！

55　梦见父亲的字

在我眼中，父亲的字，真好。无论是硬笔的，还是毛笔的，他笔下无一处不流畅，无一字不珠圆玉润。这颇像他生就脾气的温和，性格的开朗，心地的善良。人们愿意和他相处，像夏天盼着清风拂面，像冬天盼着暖阳光照耀，心里是喜悦的。

又见父亲的字，竟是在昨夜的梦里。父亲和我有说有笑，还在一张纸上留下了两行字，那么熟悉的字体。夜里醒来，我像看完了一场电影，了无痕迹。我很努力地回忆回忆，还是记不清书写的具体内容。

父亲过世了多年，人再也无从见起，字也难得一见了。湖北宜昌的家中，我珍藏着他的一封信，两页纸。那是1996年的春天，我在苏州医学院进修半年核电外语，他写给我的回信，也是他给我唯一的信件。

父亲走后，没有找到只言片语的遗嘱，这很不符合他一生谨小慎微的作风。百思不得其解，只能推想他晚年的病痛超乎寻常，而家人却难以察觉……

祖父念过几年私塾，粗通文墨，算是很稀罕的乡村文化人。儿时，我架上梯子，偷爬到楼上。我小心地打开落满灰尘的大木箱，翻出祖父母的旧衣裳，还有祖父留下的条状墨块、私塾课本、抄写的经文。祖父的字有形无力，满篇像被风吹过一样呈倾斜状，也像他生前隐忍怕事的风格，更像他未老先衰的病体……

55 梦见父亲的字

无疑，父亲的书法启蒙于祖父。但是，青出于蓝而胜于蓝。父亲的字，像他高大的身躯那样挺拔，柔中带刚，又疏朗大气。过去乡村上千人的大队，父亲的书法多少有些名气，是当地屈指可数的"书法人才"，既能写大幅春联，又能在墙壁上刷大字标语的"狠角色"。而父亲有自知之明，他总谦虚地对别人说，他的字就不如曾凤毛、黄玉田、顿玉兰写得活，这三位写得更好一些。而他们是几十年来玩得合适的朋友，互相欣赏着，没有那种文人相轻的毛病。

父亲的字自成一体，他爱练字也爱学习，日常留心收集古代碑帖和报刊书法作品。他喜欢颜体和柳体，更喜欢报章上挥洒自如的毛体书法。每见赏心悦目的书法，他会习惯性地用手指头在空中临摹几下，尽可能学以致用。

小时候，每年除夕，我总爱围着父亲转，像他身边的一只欢快的小猫小狗。家家户户那天天黑之前非要贴上代表迎春接福的春联。父亲就腾出大半天时间，在家中堂屋的大饭桌上摆开砚台、毛笔、对联书，挥毫泼墨。

乡亲们陆续送来买好的大红纸，请父亲帮忙写几幅春联。所谓报酬，顶多临走之前在他耳根上夹一根纸烟，说几句"劳务你了"。遇到着急要贴对联的人家，立等可取，也必然满意而归。而我们家的几幅春联，往往留到最后来写，甚至要打着手电来张贴。母亲偶尔会埋怨几句，父亲却一笑而过……

虽然父亲当了三十多年的大队干部，他真心实意帮助那些像田野的庄稼一样普普通通的农民兄弟，特别是困难户、"五保户"。人们说他一生好说话，是个古道热肠的人，不像那些盛气凌人的干部。在我眼中，农民父亲更像一个心思干净的文人，待人接物有他

自己独立的思想和作风。

耳濡目染，我从小跟着父亲练过几年大字，而且那时乡村小学三年级到五年级还有书法课。父亲更是成了我的书法指导老师，很当一回事来安排妥当。他把活页字帖买回来，白纸买回来装订成册。我每天放学回家，临窗坐下，先做完作业，再完成描红8个正楷大字，并在大字旁边书写一行小楷……

父亲忙完工作，回家不忘检查和评点我的书法"日课"，趁机还给我讲述古代书法家的故事，尤其是王羲之、王献之父子习字的各种传说，包括《兰亭集序》，身后抽笔，"一点似羲之"，力透纸背，入木三分等等。书法的背后，是汉字的演变史和书写史，是中国历代文人的精神传承。

等我上小学高年级了，父亲就将书写春联的任务大胆交给我了，还要我为乡亲们服好务。我起初不敢下笔，生怕搞作了人家的红纸。父亲鼓励多了，我也就蹒跚学步。但是，我终究没有长期坚持练下去，书法就日渐荒废了，已多年没有再握毛笔了。

自从上中学以后，我出远门求学，一步步离开了家，和父亲聚少离多。于是，父子之间的交流更多的是依赖书信。父亲看重我每一封来信的文辞，也在意我的硬笔书法。记得他说过，见信如见人，平白如话，说明我的写作水平在提高，也就不难理解我的文章会经常在报纸上发表。后来，他还说我的硬笔行书越写越好，比他的字要强。这多半是出自舐犊之情，也有父子"相见常日稀"之后产生莫可名状的距离感。

我给父亲写过很多封信，先后从武汉、宜昌、苏州、南宁等地如鸟儿飞回老家的小山村，飞到父亲手上和眼前，看过之后还被一一留存下来，锁在书柜里。

55 梦见父亲的字

  遗憾的是，父亲辞世一两年之后，家人清理出信件，觉得物是人非，也该处理了。正月十五上坟散灯之时，一大堆信件带到他的面前烧了一把熊熊大火。据说，还引燃了周边的一片枯草，众人又忙着扑火半天。

  "纸灰飞作白蝴蝶，泪血染成红杜鹃。"我不在场，事后得知已迟了，心痛不已。我哪里舍得让那一页页历史化作尘土呢？假使我在场，想必是"泪飞顿作倾盆雨"，也不至于付之一炬呀？

  "千里孤坟，无处话凄凉。"又见父字，这竟然是我在北京家中一梦。难道是父亲想念我了？想和我说说话？我已多年没有给他写信了。世事难料，千头万绪，又该从何说起……

56　鄂东巴人之谜

　　因为毛泽东主席大声一呼"我们应当写闻一多颂",还因为中学课本里有多篇与闻一多先生相关的文章,以致地球人都知道,著名诗人、学者、民主斗士闻一多先生。正是因为闻一多先生名声在外,外界才知道有个湖北省浠水县。

　　其实,浠水出了无数的名人,闻一多无疑是现当代最有影响的历史人物。闻一多先生是浠水县巴河镇闻家铺人。巴河附近还有个地名叫巴驿,一度为巴驿镇,现在撤销了,又划归巴河镇管辖。

　　记得我在湖北宜昌工作期间,与著名土家族作家甘茂华先生多有交往。我兴致勃勃地读完他的散文集《鄂西风情录》之后,给甘老师电话:浠水有条河叫巴河,是不是和巴人有关呢?他说,不清楚。我就此放下了。

　　父亲一生在乡村生活,但是他活得格局不一样,因为他是个爱书、爱报、爱文化的人。他很早就搜集到一本《浠水县志》,拿回家放着翻翻,我上中学就搭着看点热闹。于是,我很早就留意地方文化,但是当时没有过心去想一些史料,也没有能力去做点研究。

　　人到中年,我有时间做一些思考,回望故乡,回望来时的路。于是,业余时间按照研究的路子走下去。大约是2015年,我托人帮我从老家找一本《浠水县志》(1992年版),有湖北省原副省长王利滨作序的县志。

　　随后,我又千方百计地收集了一批浠水、黄冈、湖北等地域性

强的文史书籍。其间，浠水县委宣传部副部长王峰先生对我帮助尤大。更为感动的是，他主动提出，将个人多年收藏的地方文化方面的书籍赠送给我，发来快递满满一大箱子，成为我研究地方文化的"酵母"。我们通过网络和手机的交流也频繁起来，他不断启发我的写作思路，受益匪浅。

话再说回来，经过考证，巴河和巴驿这两个地名，还真和巴人（土家族先人）有关。我再细读《浠水县志》的时候，发现了很多巴人的史料。

于是，我就想，干脆一网打尽鄂东巴人的史料，甚至再拓展开来，与巴人相关的史料尽可能收集来。这样视野就会进一步打开了，不至于捉襟见肘。说到这来，且看我收集的相关材料吧：

《巴人源流及其文化》（应骥著，云南大学出版社 2007 年版）

《巴与楚》（赵炳清著，科学出版社 2016 年版）

《土家族文化史》（段超著，民族出版社 2000 年版）

《巴人之谜》（王影撰文，华夏出版社 2004 年版）

《湖北民族史》（吴永章著，华中理工大学出版社 1990 年版）

《楚国史话》（黄德馨编著，华中工学院出版社 1983 年版）

《竹枝词发展史》（孙杰著，上海世纪出版社集团 2014 年）

《鄂西民族地区发展史》（吴永章、田敏著，民族出版社 2007 年版）

《民族研究文集》（吴永章著，民族出版社 2002 年版）

《张正明学术文集》（湖北人民出版社 2007 年版）

《冯永轩文存》（清华大学国学研究院主编，江苏人民出版社 2014 年版）

《冯天瑜文集》（武汉大学出版社 2009 年版）

……

几年下来,各种史料渐渐读多了,还要做好消化和吸收工作,并不容易。按说,该可以廓清鄂东巴人之谜了。但是,我还是很谨慎,觉得单用一篇文字还是怕写不好,唯恐挂一漏万。似乎还算有理由拖拉下来,这篇鄂东巴人的文字就迟迟没写成。

好吧,现在我带着你,你带上好心情,一起沿着众多学者的研究成果,走近鄂东巴人,走进历史深处……

1

鄂东真有巴人吗?

浠水巴河,是因为巴人而命名的河流吗?

浠水巴驿,那又是怎么得名的呢?

人们说,今天的土家族就是巴人后代。可是,鄂东黄冈,没有一处土家族的集聚区……

带着这些问题,请跟着我走进第一本追踪巴人起源的书籍《浠水县志》之中。1992年5月,由浠水县地方志编纂委员会编辑,中国文史出版社出版的《浠水县志》,多处记录了浠水县境内与巴人相关的史料。简要梳理如下:

一、巴人从何而来?

鄂东不是巴人的故乡,却是巴人"被集体改造"的地方。巴人为什么要来到鄂东呢?据《浠水县志》第15章《人口变动》记载:

东汉建武二十三年(公元47年),南郡潳山(今湖北宜昌长阳县一带)蛮造反,朝廷命武威将军率万余人攻打。官兵得胜后,"徙其种人七千余口,置江夏界中"。

永元十三年（公元 101 年），巫蛮在许圣率领下，屯聚造反，被朝廷镇压。"圣等乞降，复悉徙置江夏。"

后来，潳山蛮、巫蛮等巴人，又陆续迁徙到"五水"流域，形成了"五水蛮"。至两晋、南北朝时，五水蛮极盛，巴水流域为其活动中心。

据记载，公元 451 年，元嘉二十八年，西阳"五水蛮"（巴水、蕲水、希水、赤亭水、西归水）联合起义，杀南川令刘台并其家口。（第 6 页）

据《浠水县志》第 1 章《建县至清末大事记》：公元 448 年，南朝刘宋元嘉二十五年，设置希水县、蕲水县（辖地有一部分在今浠水县境内），属豫州西阳郡。

这样，我们不难得出结论：先有巴人来，后有浠水县。

二、巴河镇很古老

在巴人来浠水之前，今天的巴河——黄州和浠水之间的界河，是一条无名的河，后来河流因为巴人到来而得名。

如果你查"巴人河"，那却是湖北恩施土家族苗族自治州巴东县茶店子镇境内的河流。

还有一条与巴人密切相关的河流，巴人的母亲河——清江。清江，古称"夷水"，又名"盐水"，在长江中游，是湖北境内仅次于汉水的第二条支流。清江发源于湖北恩施州利川市的齐岳山，流经利川、恩施、宣恩、建始、巴东、长阳、宜都等七个县市，在宜都陆城汇入长江。清江古称为夷水，是土家族先民——巴人（白虎夷）的缘故，故人们称它为土家族的母亲河。而盐水的得名，是与它流经的地域产盐有关，过去有人在此煮卤熬盐。

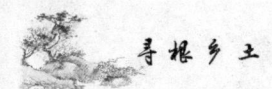

鄂东的巴河岸边,就是一座古老的巴河镇。过去因为商贸往来很繁华,文化教育起步也较早。在《浠水县志》第52章《乡镇》记载:

巴河镇,位于巴河与长江汇合处,镇区面积1.54平方公里。东汉建武二十三年(公元47年)曾移巴蛮人于此,河因此名巴水,镇亦因此得名。因交通便利,各地商贾多云集于此进行经济贸易活动,于是形成了集市,繁荣时期誉有"小汉口"之称。

抗日战争前,巴河镇号称"五里长街五里河"。"五里长街",从张家塘入口,至江边出口,全长5华里。沿"五里长街",划分为"九口""十三巷",街道截成11段,各成1街。

"九口":河口、桥口、司门口、新街口、衙门口、观门口、建楼口、老街口、牌门口。

"十三巷":怡河巷、怀家巷、会馆巷、梁家巷、史家巷、张庙巷、罗家巷、余家巷、柳家巷、肖家巷、善堂巷、褚家巷、段家巷。

旧街十一段:香烛街、皮匠街、家铺街、弹花街、铁竹街、百货街、菜市街、磨盘街、瓷铁街、磨坊街、茶栈街。

巴河自古以来就是文化教育高地。这里仅以近现代文化教育方面的记载为例:

民国26年(1937),闻振之在巴河闻家铺缺塘角闻一多故居创办私立缺塘角小学。同年,闻一多先生随清华大学南迁长沙时,特绕道回乡,参观该校,勉励教师,并捐助课桌椅100多套及黑板、教具算盘和图书。

1938年,日军入侵巴河,街道屡遭毁坏,经济日益萧条。

民国35年(1946),湖北省立第二高级中学从黄冈三解元搬迁至此(民国36年下半年迁到黄州)。

民国36年秋,闻亦有(国民党中监委)创办私立巴河中学,

校址设原省二高校本部旧址（今巴河镇小学）。

1956年创办巴河中学，后扩建为巴河高中，1987年2月15日改称闻一多中学。（第285-286页）

三、巴驿镇年轻得不经事

浠水方言，不经事，就是不耐用。经不得风雨，过不得旧。新中国成立后才有的巴驿镇，一会儿升格了，一会儿又撤并了，哪里经得起折腾？据《浠水县志》第52章《乡镇》记载：

巴驿镇：位于清泉镇至巴河公路过道上，东南去县城17公里，西南距巴河镇11公里。原名巴水驿，简称巴驿，是旧时传递公文的差员中途住歇的驿栈。

新中国成立前只有一条小街、几家店铺。新中国成立后，逐渐建成集镇，1984年建为区辖镇，1987年改为县辖乡级镇。2001年，浠水调整区划，撤销巴驿镇，原巴河镇、巴驿镇、西河乡合并成现巴河镇。

四、天狮表演：巴人图腾信仰

很多专家学者认为，巴河独有的天狮表演，与古老的巴人文化传承有关。有人认为，这是巴人图腾崇拜。在《浠水县志》120章《民间文艺》记载：

天狮是巴河地区传统艺术。以篾扎成狮状，糊彩纸。一人双手擎舞，众人群狮共耍，夹以锣鼓伴奏，蔚为胜观。（第627页）

2

迄今为止，对"五水"做过实地调研，并且写出最有分量学术

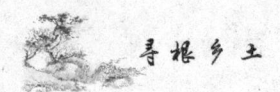

论文的《五水与五水蛮》,就是湖北红安人冯永轩教授。

冯永轩(1897—1979),名德清,字永轩,亦作永宣,以字行。湖北黄安(今红安)冯家畈人。历史学家。清华国学研究院第一期毕业。先后师从黄侃、梁启超、王国维、陈寅恪。生前为武汉师范学院(今湖北大学)教授。其子冯天瑜,当代历史学家。

冯天瑜,1942年出生,湖北红安人,武汉大学历史系教授,专门史中国文化史方向博士生导师,武汉大学中国传统文化研究中心主任。兼任湖北省地方志副总纂,湖北省社会科学联合会学术委员会副主任、武汉大学学术委员会副主任。1986年被国家科委授予"国家有突出贡献的中青年专家"称号。1992年剑桥国际传记中心颁发"世界著名知识分子"证书。2010年11月16日,中共湖北省委命名表彰的首批"荆楚社科名家"之一。

还有一条信息,冯天瑜曾在武汉师范学院历史系、湖北大学思想文化史研究所任教,1994年调任武汉大学教授。

为什么断定冯永轩先生对鄂东巴人的研究可靠呢?冯先生是红安人,26岁求学于武昌师范大学(武汉大学前身),得到国学大师蕲春人黄侃先生的指导。28岁投考清华学校研究院国学门(研究生),获录为第一期学员,受教于梁启超、王国维等导师,专攻历史考据学,一年毕业,毕业论文为《匈奴史》。

冯永轩先生先后执教于武汉中学、迪化(今乌鲁木齐)师范学校、湖北省立第二高中、安徽学院历史系、西北大学历史系、湖南大学历史系、武汉实验中学、湖北师范专科学校历史系、武汉师范学院历史系、湖北大学历史系。

还得说明的是,1937年日寇入侵,冯先生举家离开武昌,迁到黄冈山区张家湾,开办过私塾,并在张家祠堂为抗日武装李显军

部讲课。在鄂东山区期间,冯先生与湖北罗田人、方志学家王葆心先生(1867—1944)相聚,时常切磋鄂东史地及楚史诸问题。

1939年,冯先生在位于黄冈三解元(今罗田三里畈)的鄂东联合中学(后拆分为湖北省立第二高中和湖北省立第二师范,前者为今黄冈中学)执教,兼任高中部主任,夫人张稚丹任初中部语文教员。

1946年,冯先生任教于西北大学历史系教授。同年春,湖北省立第二高中迁至湖北浠水下巴河(今闻一多小学校址),张稚丹女士任初中教员,仍与冯家其余诸子留居湖北。据此推断,第五子冯天瑜时年不足4岁,也必然在浠水县巴河镇与母亲一起生活。同年下半年,学校又迁到黄州。

冯永轩先生潜心研究过楚史,其长篇论文《五水与五水蛮》即积累素材于抗战期间的鄂东乡间,1962年在《江汉学报》上发表。后又撰就《史记楚世家会注考证校补》一本。最终写出约四十万字的《楚史》,可惜书稿在"文革"期间被"造反派"所毁。

《冯永轩文存》的《导言》部分指出:山居鄂东时期,以地缘之便,冯永轩积累了许多楚史研究材料,又与"楚国以为宝"(董必武语)的王葆心先生交往,为日后的研究成果奠定了基础。1962年发表在《江汉学报》上的《五水与五水蛮》一文,考证了"五水"的确切所在,纠正了前人关于五水流域的诸多谬见……可见他善于发挥实地考察的优势。

3

历史学家冯永轩先生发表在《江汉学报》1962年第8期上这篇论文全名叫《五水与五水蛮——两晋南北朝史札记一则》。全文

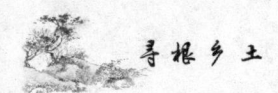

依次论述了五水、西阳、五水蛮、五水蛮的反压迫斗争及其汉化等四个部分。我们就顺着学者的思路,进入学术空间,穿越时空与鄂东的巴人相遇。

冯永轩先生认为:"五水"流域,古代住有少数民族,称为"五水蛮"或"西阳蛮"。这五水究竟是哪五条水?

《水经注》说:"五水,谓蕲水、希水、巴水、赤亭水、西归水。……宋沈庆之于西阳上下讨伐蛮夷,即五水蛮也。"

《宋书·夷蛮传》"豫州蛮"下说:"豫州蛮,廪君后也……西阳有巴水、蕲水、希水、赤亭水、西归水,谓之五水蛮。"

《南史·夷貊传》所载与这相同。这五条水都在大别山南麓,在现在的湖北省东部。

近人丁谦说:"西阳今光山县,五水均在信阳州境。"(浙江图书馆丛书)这种说法是错误的。

综上所述,"五水"在鄂东境内,这是第一个判断。"五水"即巴水、蕲水、希水、赤亭水、西归水,这是第二个判断。

一、巴水

今多称巴河,宋时叫西流河(王葆心《罗田靖乱补遗》);源出湖北罗田县滕家堡巴源乡,流经麻城、罗田、黄冈、浠水各县,至浠水县下巴河入江(下巴河古时名巴口,宋元嘉末沈庆之讨五水蛮时屯巴口,就是此地)。

巴水在五水中是主要的一条水。两岸多崇山峻岭,形势险要。古代居住在这一条水附近的少数民族,名为巴水蛮。

《魏书·董绍传》:"董绍,新蔡鲖阳人也。萧宝夤反于长安也,绍上书求击之,云:'臣当出瞎巴三千,生啖蜀子。'"陈寅恪先生

说:"董绍乃新蔡人,自称为巴,疑其族乃五水蛮中巴水蛮也。"(《两晋南北朝史参考资料》)

以上研究文字,还需要解决几个问题:

1. 沈庆之(386—465),字弘先,吴兴武康(今浙江德清西)人,南朝宋名将。元嘉二十九年(公元452年),南北朝宋文帝(刘义隆)不顾沈庆之的力谏,再次发动北伐,并以"立议不同"为由,没让沈庆之参与战事。不久,司马黑石、夏侯方进煽动五水群蛮造反,自淮水、汝水以至长江、沔水一带,深受其害。宋文帝派沈庆之前去讨伐,并命江州、豫州、荆州、雍州四州兵马听其指挥。

元嘉三十年(公元453年),武陵王刘骏(公元454年称帝,即南朝宋孝武帝)驻军五洲(今湖北浠水西南,也写作伍洲),总统各路将帅,沈庆之从巴水赶到五洲听令。

2. 董绍(?—538),北魏时鲖阳人。上述史料展开来就是:萧宝夤反于长安也,绍上书求击之,云:"臣当出瞎巴三千,生啖蜀子!"肃宗谓黄门徐纥曰:"此巴真瞎也?"纥曰:"此是绍之壮辞。云巴人劲勇,见敌无所畏惧,非实瞎也。"帝大笑,敕绍速行,又加平西将军。以拒宝夤之功,赏新蔡县开国男,食邑二百户。

3. 鲖阳县,西汉时置,故治在今安徽临泉县鲖城镇。东汉时鲖阳县改为鲖阳侯国,封阴庆伟鲖阳侯王。属汝南郡。南北朝时,鲖阳县废。隋开皇三年(公元583年)复设鲖阳县,先后属沈州和颖州。公元627年,唐废鲖阳县。

4. "蛮"字的解读。据《现代汉语词典》,蛮,有这么几个意思:①粗野,不同情理,如野蛮、蛮横。②鲁莽;强悍;如蛮干、蛮劲。③我国古代称南方的民族。④<方>很,挺;如蛮好、蛮大。

蛮子,旧时北方人称口音跟自己语音不同的南方人:南蛮。

"五水"以巴水为中心,也是古代巴人的活动中心。因此,闻一多先生的故乡——浠水县巴河镇,是有着上千年历史的文明古镇,巴人在其历史上书写了重要的一笔。

二、蕲水

《水经注》说:"出江夏蕲春北山,南过其县西,又南至蕲口南入于江。"《通鉴》胡三省注:"水首受浠水,枝津西南流,历蕲山,出蛮中。"这些说法都欠清楚。实际上,蕲水又名蕲河,源出蕲春县东北四流山,西南流合童子河(因此蕲水也有称为童子河的)、白茅河、泥河诸水,西南至县西蕲口入江(应该说流入八里河)。又有人说这水是源出东北大浮(一作桴)山,这是由于一水两源的缘故。

三、希水

就是现在的浠水,源出英山县西南,当地人称为英山河。经罗田,又西南流,名为落翎河。过崄(音险)石,名为崄石河、古河、又名界河。入浠水县,称为浠水(希水),至兰溪镇入江。

从冯永轩先生考证就知道,从河流命名来看,蕲水和浠水是两条不同的河。但是,黄冈人都知道,浠水县过去叫过蕲水县,单从县名上来看,历史上的蕲水和浠水又大体上是一回事,是指同一个县(当然区划不完全等同)。这个历史怎么讲得清楚呢?

那就结合《浠水县志》(1992年版)"大事记"(第6—12页),了解一下湖北浠水县名的流变史,简要归纳如下:

1. 南朝刘宋元嘉二十五年(公元448年),设置希水县、蕲水

县（辖地有一部分在今浠水境内），属豫州西阳郡。（希水县和蕲水县此时是并行的）

2. 元嘉三十年（公元453年），巴河口至五洲一带侨置轪县为孝宁县，并将原希水西部划归孝宁。

3. 萧梁普通元年（公元520年），于希水置永安郡，隶属湘州（州治在今大悟县东），改县名希水为浠水。（从此以后，汉字中多了一个字，浠，专门指代一条河和一个县）

4. 唐武德四年（公元621年），改县名浠水为兰溪。

5. 唐天宝元年（公元742年），改县名兰溪为蕲水。

6. 元至正十一年（1351），徐寿辉为皇帝，立国号为"天完"，改元"治平"，建都于蕲水县城。（这个时候蕲水不是县了，而是天完国的首都）

7. 民国22年（1933）6月1日，由孔庚提议，经省政府同意，蕲水县改名为浠水县。

再从《浠水县志》"建置区划"（第40—41页）来看，也可以进一步了解浠水与周边县市难以割舍的关系来：

1. 汉高祖六年（公元前201年），始置蕲春县，浠水县境为蕲春县辖地。

2. 东晋太元三年（公元378年），因避晋孝帝母名阿春讳，改蕲春县为蕲阳县。

3. 元祐八年（1093），划出蕲水县北部石桥铺置罗田县。

4. 至正二十四年（1364），朱元璋灭汉（陈友谅部），改蕲州路为蕲州府，府治蕲春，隶湖广行省，蕲水县为其所辖。浠河以东（今浠水县境东部）从蕲春县析出，并入蕲水县。

5. 明洪武十一年（1378），蕲水县改隶黄州府。

6. 1951年,黄冈专区(今黄冈市)将蕲春县所辖散花洲、黄冈县所辖马岐山划归浠水县管辖。

7. 1952年,黄冈专区(今黄冈市)将浠水县所辖团陂区三港、感应两乡和关口区严坳、学堂两乡划归罗田县管辖,与蕲春各半的界岭街(11户)全部划归蕲春县管辖。

四、赤亭水

《水经注》说:"举水经齐安郡西,倒水注之,又东南历赤亭下,谓之赤亭水(一作'举水自湖陂城南流,经赤亭下,谓之赤亭水')。南流入大江之滨,谓之举洲。"看来,赤亭水就是举水的一段。因为流过赤亭附近,所以才有此称。

冯永轩先生的考证:赤亭水、歧亭河、举水,是同一条河。

有人认为,"歧亭"地名的得来,由"赤亭"始,但赤亭与歧亭相隔至少六十里。清人顾祖禹《读史方舆纪要》卷76记载:"赤亭城在县东南十里。有赤亭河。宋元嘉十五年,以豫部蛮民置十八县,赤亭其一也。亦为赤亭蛮,西阳五水蛮之一。"又说:"歧亭城,在县西七十里,齐、梁间为歧亭县,亦蛮县之一也。今为歧亭镇,旧与黄冈、黄陂连界。"赤亭河,郦道元在《水经注》说:"举水又东南历赤亭下,谓之赤亭水。"

可见,赤亭和歧亭,一个在县东南的举水边,一个在县西南的举水边,二者根本不是一回事。

据王楚平先生《寻梦黄冈》一书记载:公元前506年,在麻城东北的柏子山与举水之间发生了一场古代战争史上著名的"柏举之战",吴国以3万兵力大败楚军20万人,这次战争成就了一代兵圣孙武,成就了吴国,并扬名了麻城。

56 鄂东巴人之谜

公元1080年正月,苏东坡因"乌台诗案"被贬黄州团练副使。在赴任的路上,意外遇见隐居在歧亭杏花村的老朋友陈季常(名慥,字季常,号方山子,别号龙丘居士)。

据涂普生先生主编的《东坡黄州五年间》记载,陈季常以"白马青盖"的隆重礼遇迎接苏东坡,并留住两日,开怀畅饮。此后,苏东坡5次造访歧亭,陈季常7次拜会黄州。两人常有诗文唱和,据统计,苏东坡写给陈季常的诗词文约20篇。

公元1084年四月,苏东坡离黄去汝,陈季常独自相送至九江,可谓情深义重,有始有终。苏东坡为陈季常写的传记《方山子传》,是中国文学史上的散文名篇。不仅如此,苏东坡还为陈季常的父亲陈希亮(字公弼)作传,即《陈公弼传》。原来,陈希亮一家曾居四川眉州青神,后迁居洛阳。陈与苏的祖父苏序、父亲苏洵均有深厚交情。苏为凤翔签判时,陈希亮为凤翔太守,备受其爱护。而陈季常是陈希亮的第四子,黄州期间结为挚友。

据《清史稿·于成龙传》说:"歧亭故多盗,白昼行窃,莫敢谁何。"一个地方,连白天都敢行窃,足见盗贼猖獗至极。所以,一代廉吏于成龙,到歧亭以后励精图治,想了很多治盗办法。时至今日,于成龙息盗的故事,民间还口耳相传。

歧亭镇,是一个有着1500多年历史的文明古镇。2013年,歧亭镇丫头山村被列入中国传统古村落名录,2014年,歧亭镇和杏花村(湖北省麻城市杏花村)分别被授予中国历史文化名镇和中国历史文化名村。

据考证,曾任黄州刺史的唐代诗人杜牧,所吟诵的"借问酒家何处有,牧童遥指杏花村",正是湖北麻城的杏花村,而不在盛产杏花村酒的山西境内。

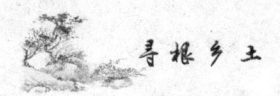

五、西归水

《清会典图》以为就是倒水。徐中舒说:"此水西流,谓之西归、倒归……,其义则一。"(《四川大学学报》1959年第2期《巴蜀文化初论》)

《湖北省通志》卷十——"山川"五:"倒水出自麻城(应为河南光山)之白沙关,经黄安(现在的红安)县,至紫潭河入黄冈(现在的新洲)界,南流石板潭,南经冯家集、李家集,又南经孔家埠、桑树嘴,又东经张渡口,入于举水。"这条水实际上是由西北向东南流,任何一段都没有西流现象。所以名为倒水,是因为以前撰写地理书的人没有经过调查研究,又没有将前人的著作弄清楚,人云亦云,积非成是。

《水经注》中"举水经齐安郡西,倒水注之,又东南历赤亭下"一句所说的倒水,从文意来看,显然不是今天红安境内的倒水,而是另有所指的。在麻城县西,有条小河真正西流,称为倒水。

《清一统志》以麻城西北的浮桥河为倒水,这是对的。红安境内的所谓倒水,往时并没有一个总名:如自白沙关流出,名为西界河;流到县城附近,名为西门河或南门河;又南流,名为紫潭河。

清人易人烺《纸园丛书》中记述湖北省各县的水系,只说红安境内有紫潭河,并未采用西归水或西倒水等名称。红安境内的一条大河,名为倒水,现在已经约定俗成了,但是古时并不是这样的。

以上内容,主要是冯永轩先生论文的研究成果。这里再补充几点说明:

其一,徐中舒先生(1898—1991)中国历史学家、古文字学家，1926年毕业于清华研究院国学门，师从王国维、梁启超等著名学者。先后执教于北京大学、武汉大学、燕京大学、四川大学、南京大学等。

据《冯永轩文存》记载："在清华同窗中，冯永轩与刘盼遂、徐中舒等人颇为要好，离院多年还相互走动，其哲嗣也保持往来。"（《导言》第6页）

其二，苏东坡写过的"倒水"。《浣溪沙游清泉寺》有这样的小引：疾愈，与之（庞安时）同游清泉寺。寺在蕲水廓门外二里许，有王逸少（王羲之）洗笔泉，水极甘，下临兰溪，溪水西流，余作歌云：

"山下兰芽短浸溪，松间沙路净无泥，潇潇暮雨子规啼。谁道人生无再少，门前流水尚能西，休将白发唱黄鸡。"

其三、清人易人烺，目前查不到更多的信息。

至此，冯永轩先生考证过的"五水"就交代清楚了。

4

"五水蛮"历史上又常称作"西阳蛮"。西阳是指哪里？有人认为，应该是酉阳，那就大错特错了。那么，我们就听听历史学家冯永轩的考证结论：

据《汉书理志》和《后汉书国志》"江夏郡"下有西阳，但都无解释。《说文解字》"邑"部："邾，江夏郡。"段玉裁注："江夏郡邾县，二志同。前志曰：衡山王吴芮都，今湖北黄州府城去邾城二里许是也。今大江东流，经黄州府城南，隔江相望曰武昌县（现在的鄂城县）。《水经注》曰：江水又东过邾城南，鄂县北是也。郦

善长曰:楚宣王灭邾,徙居于此。王隐《地道记》、刘昭《郡国志》皆有此说。"

上面所说的邾,照文意来看,是在黄州府城附近,距大江不远。但是它确切在哪里,也有不同的说法。吕吴调阳说:"邾,今黄州府北之团风司岐亭河……项羽初封吴芮为衡山王都此,《水经注》谓之举水。"这是说,邾是今麻城县的歧亭镇。但歧亭离黄州府城并不近,歧亭又不滨江,似乎与前人之说相差太远。

不过,在这两种说法中,我还是同意吕吴调阳的说法。因为歧亭镇依山面河(举水),河东是平原,土地肥沃,出产丰富,交通方便,作为一个都城,是有条件的。邾即在此,似有可能。有人说邾就是西阳,《通鉴纲目集说》:"晋怀帝永嘉元年西阳夷(一作蛮)寇江夏。"冯智舒注:"西阳古地名,春秋时属黄国,后属楚,楚徙邾君于此,又名邾城。"

西阳在两汉都是县,直到西晋初还是县。《晋书武帝纪》:"汝南王次子羕为西阳公。"《汝南王亮传》:"封子羕为西阳公。"羕传:"羕太康末封西阳公……永嘉初,复以邾、蕲春益之。"由此可以看出邾与西阳这时已经不是一地了。西阳在东晋时改为郡,一直到隋都是这样。晋时作过西阳太守的有樊峻、庾翼、邓岳、桓石秀等人。沈约在《宋书》中又说:"王弘为豫州之西阳、新蔡诸军事抚军将军,江州刺史庾登之为西阳太守。"《隋书地理志》"永安郡黄冈"之说"有州置曰弋州,统西阳、弋阳、边城三郡。"《百官志》说:"西阳、南新蔡、晋熙、庐江等郡置镇蛮将军。"永嘉之乱以后,江淮之间成为南北争夺的地带。这里的少数民族,对封建统治者日益加重的剥削和压迫也不断起来反抗。郡的设置,可能就是在这种情况下采取的措施。南北朝末期又有北西阳、南

西阳之分，所辖的范围更大了。五水流域，可能都在西阳辖境，因而五水蛮又称为西阳蛮。

西阳郡治的治所在哪里？有人主张在黄州府城附近（今黄冈、浠水之间有西阳河，有人说西阳郡的治所就在此），又有人（如王先谦等）主张在今红安、麻城之间，但是没有指出确切的地址。我觉得后一种说法较妥；考察地理形势，歧亭镇正在两县之间，可能歧亭就是西阳郡治旧址。这一说法和邾即西阳的说法也能相符合。

三国至隋，战争不息。在动荡中治所常有移动，原不足为怪。而史书记载又很简略。后来的人各以所见判断，致使说法不一，西阳的治所虽有争论，但西阳辖区在鄂东是没有问题的。

五水蛮又名"豫州蛮"或"边城郡蛮"。永嘉乱后，中原人民大批南移，东晋王朝就在南方各地侨置郡县来治理他们。东晋侨置的豫州，治所在邾，所以五水蛮又成为豫州蛮。《通鉴梁记》又说："武帝普通元年，边城郡太守田守德（注：《五国志》，黄冈县旧有边城郡，此正田守德所居之地）拥所部降魏，皆蛮酋也。"边城郡在五水流域内，所以五水蛮又叫边城郡蛮。

在冯永轩先生考证基础上，我再补充两点知识：

1. 邾

邾国是今天山东省境内的一个先秦古国，故址在今邹城市周围地区。楚宣王灭邾国，迁其君于湖北省黄冈市黄州区禹王办事处境内。对于这一史料，有兴趣的朋友详见专著《黄州邾城史话》（史智鹏、朱伯儒、董志伟著，长江出版社2014年版）。

2. 侨置郡县

我国古代政权在战争状态下，政府对沦陷地区迁出的移民进

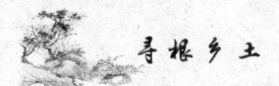

行异地安置，为其重建州郡县，仍用其旧名，这类郡县被称为侨置郡县。侨置郡县出现的原因主要有：国土沦丧，大量侨流民众的出现；王朝必须维护华夏正统的观念；彰显规复失地的决心；高标郡望门第的风气；重视地域乡里的观念；政治、军事与经济多方面因素的具体考虑。总之，诸多的理由，使得东晋南朝在南方广泛设置侨州郡县。

5

据冯永轩教授考证：关于五水蛮的来历，《宋书·夷蛮传》和《南史·夷貊传》都有记载："豫州蛮，廪君后也……西阳有巴水、蕲水、希水、赤亭水、西归水，谓之五水蛮。"廪君又是什么人呢？

《后汉书·南蛮传》（可能抄自《世本》）说："巴郡、南郡蛮本有五姓名：巴氏、樊氏、瞫（又作瞑、作煋，见张澍《世本稡集补注》本）氏、相氏、郑氏，皆出自武落钟离山（一名难留山，在长阳县西北七十八里，一说即夷陵巴山）……巴氏之务相……共立之，是为廪君……廪君于是君乎夷城，四姓皆臣之。"

传说中的廪君在鄂西为君，这意味着廪君蛮可能起于鄂西。他们后来向东西两方发展：向西到达巴郡，进入四川。向东到达南郡，所以有"南郡蛮"之称；然后更向大江两岸或江北地区发展。廪君蛮到东汉时期据地甚广，因而有几种族名出现，但大半仍以所居地区为名，如南郡蛮、巴郡蛮等。

廪君这一名字是什么意思呢？章冠英说："廪君的后裔，当是今日湘西北、鄂西南一带的土家。土家称虎为'力'……与'廪'音近。廪君死后，世为白虎，则廪君或者是虎君之意亦未可知。"

这是一说。徐中舒说:"廪君之'廪',又与'林'同,称君,乃部落酋长。"这是说,廪君是居住在森林中的部族的酋长。用声韵的道理来诠释廪字,似乎迂曲。冯永轩推测:廪君之名,可能是按照他们生产、生活的情况而取的,或者是被人所加的。按廪字的意思是仓廪或者廪食(粮食),与农业有关。可能是由于廪君的部族已经知道耕稼,进入了农业社会,所以称酋长为廪君。

廪君蛮在发展中,分布很广,所以异名,但都以廪君为始祖。廪君又出自什么族呢?《世本》说:"廪君之先,故出巫诞也(《寰宇记》作巫蛋)。"这是一种传说。最近,赖有德说:"从地域巴郡、南郡和氏族称呼巴氏上,都可证明汉代人称巴郡、南郡蛮或廪君蛮者,都是战国时势力不小的巴人。"这个推断很有道理。史书说廪君名务相,巴氏。由姓氏看,廪君和巴人是有密切关系的。

为了说清楚这个问题,我们还可以查看《后汉书·南蛮西南夷列传》的记载:

巴郡南郡蛮,本有五姓名:巴氏、樊氏、曋氏、相氏、郑氏,皆出自武落钟离山。其山有赤黑二穴,巴氏之子生于赤穴,四姓之子皆生黑穴。未有君长,俱事鬼神,乃共掷剑于石穴,约能中者,奉以为君。巴氏子务相乃独中之,众皆叹。又令各乘土船,约能浮者,当以为君。余姓皆沉,惟务相独浮。因共立之,是为廪君,乃乘土船,从夷水至盐阳。盐水有神女,谓廪君曰:"此地广大,鱼盐所出,愿留共居。"廪君不许。盐神暮辄来取宿,旦化为虫,与诸虫群飞,掩蔽日光,天地晦冥。积十余日,廪君伺其便,因射杀之,天乃开明。廪君于是君乎夷城,四姓皆臣之。廪君四,魂魄世为白虎。巴氏以虎饮人血,遂以人祠焉。

针对这段历史记载,四川师范大学巴蜀文化研究中心主任段渝教授在《酋邦与国家起源:长江流域文明起源比较研究》(中华书局2007年版)一书中(第211—214页)作了详细解读。他指出,赤黑两穴五姓酋邦组织形成,经历了三个发展阶段:

第一个阶段是非暴力联合。根据部落制传统,以勇气、智慧和技艺来决定谁为最高酋长。掷剑和乘土船两次比赛,巴氏子务相都取胜,得到了五姓的共同拥戴,立以为君,自此称为廪君。

第二阶段是通过对外战争确立君权。廪君部落集团形成后,迅速走上了发动对外战争的道路,其武力扩张的方向,是从夷水至清江的盐阳,以争夺哪里的食盐资源。其时,这以食盐资源为当地的母系部落女首领盐水女神所控制,盐水女神又有盐神之称。廪君集团来到盐阳,随即便与盐水女神展开大战,一举破敌,射杀了盐神,将盐源据为己有。

第三个阶段是通过宗教仪式神化君权。政治系统和经济系统的根本转变,又进一步推动了文化系统的根本转变,通过宗教仪式在意识形态领域神化君权于是成为必要。廪君集团原来并无以人祭祀的习俗,只是当廪君成为政治领袖以后,出于神化廪君的需要才产生的,表明他同时成了宗教领袖,集政治、经济、宗教大权于一身,俨然成为酋邦的最高领袖。同时,以人祭祀属于杀殉的性质,这与作为一些古代民族传统习俗的殉葬有着根本的区别,其实质是对被杀者人权的剥夺,而这是以对被杀者政治、经济权利的剥夺为前提的。

由上可见,从族属的非暴力联合,到通过对外战争确立君权,再通过宗教仪式神化君权,是廪君集团酋邦组织发展演变的三部曲,也是廪君从部落集团首领变为战争首领再变为酋邦领袖这一个

人权力演变的三部曲。

再说，廪君蛮向东发展的一支，先到南郡（现在的江陵一带），后来又发展到湖北中部和东部。

6

古代巴人什么时候发展到鄂东的？史料记载阙略。冯永轩先生引用了如下史料：

《后汉书·南蛮传》："建武（汉光武帝年号）二十三年（公元47年），南郡潳山（现在长阳县一带）蛮雷迁等始反叛，寇掠百姓。遣武威将军刘尚将万余人讨破之，徙其种人七千余口，置江夏界中，今沔中蛮是也。

和帝永元十三年（公元101年），巫蛮许圣等以郡收税不均，怀怨恨，遂囤聚反叛。明年夏，遣使者督荆州诸郡兵万余人讨之。圣等依凭阻隘，久不破。诸军乃分道并进，或自巴郡鱼腹数路攻之，蛮乃散走。斩其渠帅，乘胜追之，大破圣等。圣等乞降，复徙置江夏。"

看来，以雷迁为首的潳山蛮，以许圣为首的巫蛮，都是造反起家的，然后被朝廷镇压，先被流放到江夏郡，进而向东来到了鄂东的五水流域。第一次七千多人，第二次没有记载人数，总数应该不下万余人吧。

据冯永轩先生指出：现在武昌城东珞珈山附近（东湖之滨）来王山有蛮王冢。

著名方志学家、罗田人王葆心考证说："马岐山一名来王山，在武昌城东二十五里……有蛮王冢……此蛮王冢可能为南郡潳山移来者。来王当即雷迁。来、雷一声之转，所谓来王山，即雷王山

也。"又说:"自后晋至南北朝,而西阳之五水蛮炽盛一时,皆建武所迁遗种也。"(《安雅》第一卷第一期《来王山蛮王墓考》)

写至此,湖北浠水县巴河镇河口对岸,也有个马岐山村,很多人常常错写为马骑山村。由此可以大胆推断一下,过去应该是巴人进一步东迁的重要驻地,否则不会也叫马岐山(即来王山、雷王山)。

五水流域在两汉时,地旷人稀。《汉书地理志》说,江夏郡有十四县(西阳为其中之一),户五万六千八百四十四,口二十一万九千二百一十八。《后汉书郡国志》说,江夏郡十四城,户五万八千四百三十四,口二十六万五千四百六十四。两志所记大致不差。一县只有万余人,说明人烟稀少。但是当地山明水秀,物产丰富,当时人们由江夏往投五水流域是很自然的。

而且,东汉王朝崩溃后,军阀混战,各据一方。江淮一带,尽为战场。江夏地区更是魏吴对立,打来杀去的地方。《三国会要》"方城"下说:"何承天曰:'曹魏之霸,才均智侔。江淮之间,不居者数百里。魏舍合肥,退保新城;吴城江陵,移入南岸。'"人们逃亡至战祸较远的五水流域,是很自然的事。

再者,永嘉之乱后,晋室南迁,北方的世家大族也跟着大批南来。他们在南方安居后,上自帝王,下至官僚,穷奢极欲,对人民的剥削和压迫更一天重似一天。人民为了逃避压迫和剥削,也只有向封建统治薄弱的地方逃亡。他们往南是逃到南岭山区,往北就是逃到大别山南麓的五水流域了。

哪里有压迫,哪里就有斗争。自从巴人被迫迁来鄂东之后,他们从来没有停止过反压迫斗争。与此同时,共同生活在大别山区的巴人和汉人,又逐步实现了民族大融合。

后记

一切都是最好的安排

转眼之间,又是一个春秋轮回,时间真是飞逝如电呀。正如此前向读者承诺的,我要努力完成一个小目标:故乡系列散文集三部曲《留住乡愁》《回望故乡》《寻根乡土》。

如今,呈现在读者面前的就是第三本书。一年一本新书,完全是原创的散文作品,这对我是一次并不算小的挑战。好在我自己没有感受到额外的压力,就像是每天要吃饭睡觉一样,读读书,码码字,最正常不过的读书人生活中的一件小事情。

自媒体时代的好处,既然写出来了,自己感觉有意思,敝帚自珍,就可以先发在自己的公众号"凡人之力"上,并与读者分享一下,也随时接受读者们的批评。只要是众人认可的作品,自然点击量就高,点赞人数就多,而且还会被转载,被打赏……

这一年来,我业余继续泡在鄂东文化方方面面的书籍之中:包括鄂东巴人的源流考、鄂东名人名家之作、鄂东民俗学等。因为方言写作会涉及大量的土话,要准确书写出来不是一件容易的事情。于是,在工作之余,我见缝插针地阅读了多本方言著作,并完成了《现代汉语词典》上方言字词的识别,认真补上了一门课。

这一年来,我重点阅读了几位黄冈籍学者和作家的作品:闻一多、徐复观、刘醒龙、何存中、夏元明等,从他们那些熟悉的方言词汇和共通的情感表达之中,我找到了家乡文化特有的温度。

这一年来,有两家新闻媒体要特别提及:感谢《鄂东晚报》和编辑何皎月女士,在家乡的文学园地上,多篇新作被刊发,并引起了老家朋友们的关注。

感谢浠水县委宣传部公众号"秀美浠水"和编辑郭斯、胡春霖等朋友,在联系天南海北浠水人的互动平台上,多篇作品被精心编发……

时至今日,到底有多少网站和公众号转发过我的作品,我说不清楚了,也不会为此沾沾自喜。在我看来,用方言写鄂东的人情世故,如果家乡人爱阅读、爱转发,就算有些价值的,贴地生存的乡亲才是最好的评委。

这一年来,我的生活遭遇了前所未有的麻烦事儿,主要是

后记　一切都是最好的安排

因为疾病对家人的折腾。其实，人生在世，谁不都要经历一些事情？幸运的是，得到了亲朋好友的支持和帮助，一切都不算坏，一切正在迎刃而解、逢凶化吉。

忽然活明白了，人在天地之间行走，一辈子有尊严地活着，是多么不容易呀！鄂东的传统文化，是教人活得硬气的！

寻根乡土，主要是让笔触回溯家乡鄂东浠水，写那一方天的人，那一方天的事，写那一方天的情。时间久了，我常常分不清自己究竟是置身首都北京，还是变回从前那个调皮的乡村伢儿？在这样日新月异的互联网的新时代，在无远弗届的电脑和手机屏上，我们可以实现思想和文字的同步显示，这是多么幸福的事情呀！

寻根乡土，是我这本散文集设定的主旨。但是，散文毕竟不是历史文献，还有很多不可承受之重，我的写作也不可能面面俱到。寻根之旅，离不开大量一手史料的支撑，在书中尽可能一一说明，不敢掠美。

这一年来，要感谢的好人太多，我就不一一开列名单于此。相反，我会铭刻在心中。知恩、感恩、报恩，应该是我们每一个正常人的本分。

我命中注定是核工业大军中的一名小兵。在这个春风荡漾的三月，我的故乡系列散文集"三部曲"写作，刚好画上了句号。

一切都是最好的安排。不怨天，不尤人，永远笑迎明天的太阳！

最后，希望你们也喜欢这本散文集《寻根乡土》。

巩勇

2019年3月9日于北京固拙斋